BESTSELLER

José Antonio Caporal Luna nació en la ciudad de México el 15 de septiembre de 1966. Estudió periodismo en la Facultad de Ciencias Políticas y Sociales de la Universidad Nacional Autónoma de México, donde tomó clases con varios de los más connotados académicos, periodistas y politólogos que imparten cátedra en la máxima casa de estudios. En el ámbito profesional destaca su paso por las áreas de comunicación social de la Comisión Nacional de Derechos Humanos —donde fue subdirector de información— y del Gobierno del Distrito Federal. Además, realizó algunas colaboraciones para el periódico *El Día*. Desde enero de 2001 se desempeña como reportero del semanario político *Vértigo*, del cual es fundador. En 2003 ganó el Premio Nacional de Periodismo que otorga el Club de Periodistas de México por sus trabajos relativos al mercado ilícito de combustible que publicó en *Vértigo*.

JOSÉ ANTONIO CAPORAL

El cártel de Neza

DEBOLS!LLO

El cártel de Neza

Primera edición: octubre, 2009

D. R. © 2003, José Antonio Caporal Luna

D. R. © 2009, derechos de edición mundiales en lengua castellana:
Random House Mondadori, S. A. de C. V.
Av. Homero núm. 544, col. Chapultepec Morales,
Delegación Miguel Hidalgo, 11570, México, D. F.

www.rhmx.com.mx

Comentarios sobre la edición y el contenido de este libro a:
literaria@rhmx.com.mx

ISBN 978-607-429-654-9

Impreso en México / *Printed in Mexico*

Índice

Introducción

Cuando esa tarde del verano de 2003 sonó el teléfono en mi escritorio de la redacción de la revista *Vértigo*, lejos estaba de imaginar que la llamada me iba a conectar íntimamente con el submundo del narcomenudeo. Levanté la bocina y, en medio del bullicio habitual de los días de cierre, escuché una voz ronca que luego de identificarse me ofreció un testimonio que él consideraba una bomba y que "pondría en su lugar" a varias personas relacionadas con el tráfico de drogas; así que acordamos una cita para la noche siguiente.

Acudí entonces, en punto de las diez de la noche, al cruce de calles de la zona centro del Distrito Federal. A medida que pasaban los minutos dos sensaciones tomaban fuerza en mi interior; por un lado, pensaba que había sido objeto de una broma pesada y, por otro, mi interés periodístico crecía al ver lo tétrico del ambiente.

A los pocos minutos un automóvil se detuvo justo a mi lado y la misma voz ronca del teléfono me pidió que lo abordara. Ya instalado a un costado de la sombra que conducía, una mano estrechó la mía al tiempo que expresó, a manera de presentación: "¿Quihubo? Yo soy *el Sapo*".

Circulamos por varios minutos deteniéndonos ocasionalmente; durante el trayecto me confesó que él había pertenecido a la banda de la *Ma'Baker*, del llamado cártel de Neza, y me ofreció su testimonio de lo que había vivido y presenciado dentro de dicha organización. Explicó que en ese momento se andaba escondiendo por temor a que lo mataran, pero que quería contar su historia para que todos la conocieran, tal y como la vivió, una historia de la que habían dado cuenta los medios de comunicación pero que ahora sería relatada con detalles.

Pensé sobre la conveniencia de aceptar escribir sobre este tema. Valoré los riesgos y finalmente mi inquietud de reportero, esa que lo lleva a uno a conocer lo más vibrante de la noticia, me impulsó a escribir su historia. Así, a partir de sus testimonios, elaboré esta crónica en la cual algunas partes son relatadas tal como él las quiso describir, con toda la crudeza que vio y sintió. Algunas partes son interpretadas a partir de lo que él me iba contando, pero no hay en las denuncias o señalamientos que vertió *el Sapo*, opinión personal de este autor.

Así pues, el informante me advirtió que, por la alta peligrosidad que representaban, no me proporcionaría los nombres de algunas personas involucradas en la historia; algunas en el negocio del narcotráfico y otras como servidores públicos.

Tuvimos otras citas en diversos puntos de la ciudad. Un día antes me hablaba para ponernos de acuerdo e indicaba dónde sería el encuentro.

A lo largo de varias reuniones expuso su testimonio, no sólo en lo relativo a su pertenencia al cártel de Neza, sino también de su paso por otras organizaciones delictivas. Cada encuentro era realizado en un sitio público, "para mayor seguridad". Restaurantes Vips, McDonald's y taquerías se convirtieron en salas de entrevista, que siempre eran acompañadas por el ruido de fondo de las conversaciones entre grupos de amigos, familias, parejas o el bullicio de los niños en las áreas de juego.

Entre el aroma de fajitas de pollo o hamburguesas, él narraba sus experiencias e incluso emitía juicios sobre lo bueno y lo malo de sus actuaciones y las de otros.

Mientras la gente comía, charlaba y se divertía sin preocupación, yo escuchaba atento el testimonio del entrevistado, quien a menudo dejaba de observarme fijamente a los ojos para girar su cabeza de un lado a otro, clavando su mirada discretamente en quienes le parecían "sospechosos".

"Me tengo que cuidar, pues hay muchos güeyes que no quieren que hable", me dijo. A cada supervisión visual del *Sapo* mi propia inseguridad crecía, hasta que por un instante yo mismo volteaba a mi espalda y costados para detectar si alguna persona nos miraba.

—¿Te andan buscando? —le pregunté.

—Sí, cabrón. Y si me encuentran me parten la madre…, me chingan; así que ponte verga porque si me ejecutan no van a querer dejar testigos.

Ese día sus palabras me provocaron un escalofrío que recorrió mi cuerpo desde la cabeza hasta los pies; mis manos comenzaron a sudar y mi corazón palpitaba de tal forma que pensé que se saldría del pecho. Mi sensación de angustia se convertía en miedo y éste en pavor. No era para menos, después de escuchar la manera en que describía la forma en que se realizaban las ejecuciones.

—Pero no hay mucha bronca, güey, pues no saben dónde encontrarme. Además, estamos lejos de sus dominios y no creo que se avienten a salir de ellos porque los apaña la ley.

Los relatos de aquella serie de encuentros con *el Sapo* dieron origen a este libro, que originalmente se publicó en octubre de 2003 con el nombre de *Cárteles protegidos*. Para corroborar algunas situaciones y nombres, entrevisté al entonces diputado federal (2003-2006) Héctor Bautista, quien había sido presidente municipal de Ciudad Nezahualcóyotl en tiempos de la *Ma'Baker*. Sus relatos no sólo confirmaron la situación que se vivía en Neza, sino que aportaron elementos muy valiosos para conocer cómo actuaban y pensaban las propias autoridades a las que pidió apoyo para combatir el narcomenudeo.

El ex alcalde fue protagonista de la historia del cártel de Neza y en ese sentido es que la presente obra se complementa con sus valientes aportaciones, pues, hay que decirlo, su propia vida estuvo en riesgo.

De entonces a la fecha, el problema del comercio ilegal de estupefacientes ha entrado ya de lleno a los principales espacios informativos. Pero aún ahora, poco es lo que se escribe sobre el narcomenudeo: cómo opera, quiénes lo integran; a cuánto ascienden sus ganancias; en qué lugares se confeccionan las dosis que se venden; quiénes los protegen; de qué tamaño es el arraigo social; en qué forma expenden su mercancía o la entregan a los consumidores; con cuáles cárteles negocian; cómo vive... y muere un narcomenudista.

Ese submundo, que también arroja millones de dólares en ganancias; que igual deja a cientos de ejecutados; que genera corrupción; que lleva cada año a miles de jóvenes al infierno de las adicciones y del delito es un problema que, en su conjunto, descompone con especial fuerza el tejido social.

De hecho, desde que el Senado de República ratificó el nombramiento de Daniel Cabeza de Vaca como procurador general de la República en 2005, el funcionario afirmó que el narcomenudeo era ya "un problema de seguridad nacional", incluso "más grave" que el narcotráfico. Los integrantes de la LIX Legislatura (2003-2006) destacaron que de acuerdo con cifras oficiales de la Procuraduría General de la República (PGR), el narcomenudeo comercializaba, a través de cerca de 30 000 tienditas distribuidas en el territorio nacional, 78 toneladas de estupefacientes, cantidad que servía para elaborar 1 092 millones de dosis que estarían cubriendo la demanda de aproximadamente 598 000 adictos.

A partir de esas cifras el ex presidente municipal de Ciudad Nezahuacóyotl (2001-2003) Héctor Bautista hacía sus propios cálculos para dimensionar las ganancias de los narcomenudistas. Decía: si dividimos los 1 092 millones de grapas entre las 30 000 tienditas, tenemos que cada una de éstas vendería en promedio 36 400 dosis al año, lo que equivaldría a casi 100 dosis de droga al día. Bautisa continuaba: si cada grapa tiene un valor de entre 25 y 100 pesos, tenemos que al día estarían ganando 2 500 pesos (tomando el valor más bajo, de 25 pesos por dosis). Al multiplicar estas cifras, finalizaba Bautista, sabemos que cada tiendita estaría ganando 912 500 pesos.

En total, al vender 1 092 millones de grapas al año —pensando en el precio de 25 pesos— los narcomenudistas sumarían ventas por 27 375 millones de pesos, y sus ingresos netos serían de aproximadamente 15 675 millones anuales, tomando en cuenta que la tonelada de cocaína les costaría 11 700 millones.

A principios de 2009, el subprocurador A de Procedimientos Penales de la PGR, Gilberto Higuera Bernal, en una entrevista con la revista *Vértigo*, afirmó que

> la venta y distribución masiva de pequeñas cantidades de droga es otra cara del narcotráfico que ha cobrado auge en las grandes ciudades del país. El narcomenudeo, esa forma de comercialización en la que participan cientos de integrantes de organizaciones de traficantes, encuentra en centros nocturnos, discotecas, bares y otros centros de diversión el cauce para mantener su lucrativo negocio, que han extendido a escuelas primarias y secundarias.

El subprocurador abundó: "Estos grupos criminales, como el cártel de Nezahualcóyotl que encabezaba Delia Patricia Buendía Gutiérrez, *Ma'Baker*, utilizan para la distribución a mujeres, niños y adictos".

El narcomenudeo, explicó el funcionario, es la distribución en pequeñas cantidades de la droga que a su vez es un mecanismo utilizado por grupos de narcotraficantes para vender los narcóticos a lo largo del país en domicilios, bares, centros nocturnos y discotecas. "Es un fenómeno que tal vez no lo veníamos atendiendo con el cuidado necesario como una de las fases del narcotráfico, de los delitos contra la salud", admitió.

Jorge Fernández Menéndez, analista político y especialista en temas de narcotráfico, escribió en el diario *Milenio* en septiembre de 2002:

Las investigaciones que se han realizado y que en realidad apenas comienzan sobre el caso de *Ma'Baker* demuestran muchas cosas. Primero que nada, confirman el hecho de que estamos, quizás por primera vez en forma tan evidente, ante una organización criminal del narcotráfico, de esta magnitud, que no está en absoluto involucrada en el envío de drogas a Estados Unidos, al contrario, está, por completo, volcada al mercado interno: a la venta de drogas en toda el área metropolitana. Confirma también el hecho de que en distintas regiones del país estas organizaciones tienen un creciente control que funciona de forma diferente al de los cárteles tradicionales, porque al volcarse al mercado interno, necesitan una red de protección mucho mayor, más aceitada e incluso mucho más involucrada no sólo en los ámbitos policiales sino también de la impartición de justicia.

Ha pasado algún tiempo desde la primera edición de este libro. Varios integrantes de aquel famoso cártel de Neza fueron detenidos y hoy algunos purgan su condena. Otros aún enfrentan sus respectivos procesos. Sin embargo, es un hecho que el narcomenudeo continúa muy arraigado en diversas zonas del país.

Hay muchos cárteles de narcomenudistas en México de los que sabemos realmente muy poco. Quizá con el tiempo iremos conociendo más de ellos, de las historias de quienes los integran. Por lo pronto, les invito a conocer lo que me contó nuestro personaje.

Donde quiera que se encuentre en estos momentos, su testimonio quedará para que la sociedad conozca, a través de sus relatos, la manera en que algunos servidores públicos brindan protección a los cárteles de la droga y cómo gracias a ella pueden llegar a ser organizaciones tan poderosas como lo fue el cártel de Neza. Por su parte, él me buscó en un intento por lograr que esta confesión le ayudase a tener la conciencia tranquila. Así comenzó todo.

CAPÍTULO 1

El cártel de Neza
El nacimiento de la organización

Joaquín Quintero acababa de cumplir 23 años, la mayoría de los cuales vivió en medio de la zozobra y de la violencia. Quizá por ello su apariencia era la de una persona de más de 30 años; un hombre de baja estatura, apenas 1.57, barrigón más que gordo, de piel morena, con un tinte morado, rostro cacarizo, ojos negros y saltones, calvicie prematura, papada colgante y el labio superior salido; aspecto por el cual le apodaban *el Sapo*.

Era febrero de 1998 y *el Sapo* acababa de salir del Reclusorio Norte del Distrito Federal, donde purgó una condena por fugarse de la Correccional para Menores, años atrás. No tenía familiares a quienes recurrir; sólo había terminado la secundaria y lo único que sabía hacer para ganarse la vida era delinquir. Así que buscó al comandante Vergara, un viejo conocido de la cárcel que ofreció ayudarle a contactarse con nuevos grupos delictivos una vez que recobrara su libertad. Cuando lo localizó, el comandante Vergara lo citó en el Vaqueritas Bar, cerca de la Glorieta de Insurgentes, en el Distrito Federal. Al verlo, su viejo amigo se alegró tanto que le invitó a festejar su salida del reclusorio, llamó al mesero para que les sirviera una botella de coñac XO y cuatro hermosas mujeres se sentaron con ellos.

La celebración se trasladó a la casa del comandante Vergara, donde éste, *el Sapo* y las cuatro esculturales mujeres se entregaron al placer que propicia los excesos. Ingerían alcohol e inhalaban cocaína en cantidades impensables; poco a poco se fueron deshaciendo de sus inhibiciones, ambos se entregaban a las caricias y juegos de las bellas amazonas, formando sobre las camas o alfombra irregulares masas humanas donde los cuerpos se confundían. El festejo del reencuentro se prolongó hasta las primeras horas del siguiente día; fue una orgía que hubiera sido envidia del mismísimo emperador romano Calígula.

Como pudo, *el Sapo* logró incorporarse y buscó sus prendas para ir a descansar a su casa. Semanas después el comandante Vergara le confirmó que ya le tenía una cita con la cabecilla de una incipiente organización para la cual trabajaría y pondría en práctica todo lo que hasta ese momento había aprendido. El encuentro se realizó una tarde de abril de 1998 en el lujoso restaurante El Camarón Loco, del municipio de Ciudad Nezahualcóyotl, Estado de México. Cuando *el Sapo* llegó ya se encontraba en la mesa platicando animadamente. El comandante Vergara lo invitó a sentarse; de inmediato lo presentó a su acompañante: Delia Patricia Buendía Gutiérrez, *la Ma'Baker*, mujer madura, de complexión gruesa, morena, mal encarada, en cuyos ojos se reflejaban la ambición y el poder. Sin duda, una mujer enérgica y sin temores.

Ella, platicó *el Sapo*, se crió tanto en el barrio capitalino de Tepito como en el municipio de Ciudad Nezahualcóyotl. Se casó y durante el matrimonio procreó tres niñas. Luego se divorció y formó una nueva pareja con Raúl Ramírez Pichardo, fayuquero del barrio (comerciante informal dedicado a la venta de artículos de contrabando). Cuando vivió en Tepito, *la Ma'Baker* comenzó a vender cocaína. Fue a mediados de los años noventa, en la colonia Morelos, muy cerca de donde vivía y cuando laboraba como intendente en una escuela de la zona. Por razones desconocidas se fue a vivir a Nezahualcóyotl, pero no abandonó esa actividad y pronto encontró la forma de que sus hijas comenzaran a vender "grapas" —envoltorios con cocaína— en las tardeadas o bailes que se organizaban en la calle o en salones, que comúnmente se realizaban los fines de semana en diferentes colonias del municipio. Cada jovencita —sus hijas Nadia Isabel, Norma Patricia y Gabriela— llevaba consigo 10 o 15 grapas. Era el incipiente inicio de su futura actividad delictiva.

—Paty, ésta es la persona de la que te hablé. Necesito que me eches una mano con él. Es gente de toda mi confianza. Tú ya conoces todo lo que tienes que saber al respecto, tiene la experiencia suficiente.

Así pues, *el Sapo* degustó su parrillada veracruzana, que acompañó con un vino blanco Liebfraumilch. Al terminar un par de botellas se retiraron, cada uno por su lado. La noche de ese mismo día *el Sapo* marcó el número que le dio Delia Patricia Buendía: cinco, siete, cuatro, dos, nueve, nueve, seis, cuatro... quien después de identificar su voz le pidió que se trasladara a la calle de Cerezos esquina con avenida Pantitlán, en Ciudad Nezahualcóyotl, donde lo estarían esperando en una camioneta *pick-up* de color rojo.

Así que abordó un Cutlass color vino que le había proporcionado al salir de prisión un viejo amigo. Se dirigió al crucero donde, al verlo, los tripulantes de la *pick-up* le indicaron que los siguiera. Zigzaguearon por los caminos de pobreza, marginación, vicio y delincuencia en que se convierten las avenidas que cruzan, de un extremo a otro, Ciudad Nezahualcóyotl. Por fin se detuvieron cuando llegaron a una casa de dos niveles con fachada de madera, en la calle Poniente 20. Delia Patricia Buendía lo recibió y lo invitó a pasar. Dentro, le presentó a sus hijas: Marcela Gabriela Bustos Buendía, a quien llamaban *la Gaby*, una mujer de 26 años. Era la mayor de las hermanas; estaba casada con Mario Solís, *el Tabique*, en ese entonces principal colaborador de doña Paty. También conoció a Nadia Isabel Bustos Buendía, a quien por sus ojos rasgados apodaban *la Japonesa*; era la segunda de las hijas y tenía 24 años. Finalmente, le presentaron a Norma Patricia Bustos Buendía, la menor, de 22 años, y a quien llamaban *la Pequeña*. Ella tenía un niño de cuatro años que había procreado con su ex esposo, Rivelino Contreras Hernández, quien, según supo después, era uno de los principales distribuidores de cocaína en el barrio de Tepito, en la zona centro del Distrito Federal.

Una vez que terminó el protocolo de las presentaciones, doña Paty confió al *Sapo* que ellos se dedicaban a la venta de cocaína grapada o dosificada, a través de tres sitios que se ubicaban en Ciudad Nezahualcóyotl. Su trabajo, le dijeron, sería vigilar lo que llamaban "tienditas" y estar al pendiente de que tuvieran la suficiente cantidad de droga. A veces también tendría que acompañar a doña Paty a la delegación Iztapalapa o a Tepito a comprar la cocaína. Recuerda *el Sapo* que en el barrio bravo el proveedor era *el Rivelino* y éste o su gente la entregaban en un callejón que está detrás del Salón México.

También recuerda que *el Rivelino* les proporcionaba las armas, que en un principio eran pistolas y algunas AK-47, hasta que les llegó a conseguir R-15 e incluso granadas de fragmentación.[1]

---

[1] Una nota de Noticieros Televisa publicada en su página de internet, fechada el 22 de agosto, señala en uno de sus párrafos: "Alfonso Navarrete,

El Sapo fue advertido de que si eran detenidos por la policía, él tendría que hacerse responsable de la transportación de la droga, para así deslindar a su jefe, quien después se encargaría de sacarlo de la cárcel.

Para que se fuera familiarizando con su nueva tarea, *el Tabique* lo llevó a conocer las tienditas. El primer negocio se encontraba en el número 400 de la calle Poniente 18, en la colonia La Perla, a unas calles del domicilio de doña Paty. En el reducido espacio tan sólo había un sillón, un televisor colocado sobre una cubeta de plástico y

procurador del Estado de México, dijo que se pudo detener a José Luis Rosales Gómez, alias *el Tepito*, *el Tecos* o *el Aguililla*, y a Jesús Márquez Carmona, alias *Don Benja*, proveedor de las armas del cártel de Nezahualcóyotl, ambos relacionados con la muerte de tres señoras…"

Asimismo, una nota de TV Azteca publicada en su página de internet con fecha 11 de noviembre de 2002 señala: "En la zona conocida como el barrio de Tepito existen alrededor de 35 puntos detectados por las autoridades federales en los cuales se venden y distribuyen drogas y armas, además dentro de la zona están ubicadas un gran número de bandas dedicadas al robo, contrabando, narcotráfico y piratería.

"Las zonas son: los predios ubicados en Jesús Carranza y Tenochtitlán, Florida y Callejón Díaz de León y Matamoros y Fray Bartolomé de las Casas. Dentro de Tepito existe un cártel de droga, su líder fue detenido por las autoridades el 13 de julio de 1997; los nombres de los cabecillas son: Jorge Ortiz Reyes, *el Tanque*, Fidel Camarillo Salas o Fidel Carrillo Salas, *el Pipirín* o Juan Carlos Rodríguez, *el Colombiano*.

"Los clientes no sólo fueron distribuidores y consumidores del Distrito Federal, sino también del Estado de México, Hidalgo, Querétaro, San Luis Potosí y Aguascalientes."

una mesa sobre la cual había más de 100 envoltorios, la mayoría de color blanco y algunos de color negro. Junto a ellos, monedas y billetes de varias denominaciones.

El Tabique le explicó que los de color blanco contenían cocaína en polvo, que servía para ser inhalada, y los de color negro cocaína tipo "base", que se inyectaba o fumaba. Al estar ahí, un desconocido tocó tres veces en una ventana. Al salir la encargada del lugar, el cliente pidió dos "piedras" y un "polvo", por los cuales pagó 150 pesos, es decir, 50 pesos por cada dosis. La calidad de la cocaína, que ya había sido rebajada, no variaba realmente; lo distinto era la presentación.

Visitaron la segunda tiendita, en la calle Poniente 8, entre Norte 2 y Norte 3, de la misma colonia. La tercera estaba en la calle Iturbide, casi esquina con avenida Texcoco, en la colonia Las Águilas.

De regreso a casa de doña Paty, ésta pidió una evaluación sobre sus negocios y propuestas para hacerlos crecer. Con aires de experto, *el Sapo* le dijo:

—Mire, doña Paty: la idea de vender al público a través de una ventana está bien, pero hay que hacer cambios. Primero, tenemos que quitar a todos los drogadictos que están cerca de las tienditas pidiendo dinero a la gente para sus dosis y además se drogan muy cerca de ellas, a la vista de todo mundo. Dan mal aspecto y alejan a otros clientes.

"También debemos modificar las fachadas, pintar las paredes de las casas, que están llenas de graffiti y con la pintura muy sucia y desgastada. Además, hay que cambiar las protecciones de las ventanas para que no llamen tanto la atención, hay que ponerles otras, resistentes pero no tan llamativas. Lo más importante: he visto que cerca de las tienditas se ubican patrullas de la policía municipal y estatal, cuyos tripulantes extorsionan a los compradores y hasta les quitan la droga. Es necesario que lleguemos a un arreglo con las diferentes corporaciones policiacas.

"Por último, querida señora, debemos de contar con más gente para que nos avise si hay operativos o pasa cualquier otra cosa: así todos estaremos enterados."

Relata que las sugerencias fueron implementadas de inmediato. Se reforzó la seguridad de las tienditas; los barrotes de las ventanas fueron cambiados por otros de materiales más resistentes y discretos; las puertas se reforzaron con cerrojos e incluso se les pusieron placas antibalas. Se pintaron las paredes y hasta se logró, con ayuda de algunos jóvenes, alejar a los drogadictos de las tienditas. Faltaba algo muy importante: que la policía los dejara trabajar. Pero eso estaba por resolverse. *El Sapo* pidió a su viejo amigo, el comandante Vergara, que le ayudara, y éste presentó a doña Paty y al *Sapo* con el supuesto comandante de la Policía Judicial Federal adscrito a la subdelegación de la Procuraduría General de la República (PGR) en Ciudad Nezahualcóyotl: Florentino Romero Juárez.

El Sapo recuerda aquella reunión:

Fue en un restaurante llamado Las Delicias de Ciudad Nezahualcóyotl. Ahí, Delia Patricia Buendía Gutiérrez, en presencia del comandante Vergara, entregó 50 000 pesos al comandante Florentino a cambio de que sus negocios no fueran molestados por autoridades federales o locales. Esa cantidad fue sólo para cerrar el trato, porque se acordó que semanalmente se le entregarían 10 000 pesos de renta por cada negocio.

El panorama ya era favorable y lo sería aún más. Carlos Morales Gutiérrez, ex policía judicial del Estado de México apodado *el Águila,* junto con su *madrina,* José Carlos Uribe, *el Pato,* se relacionaron con las hijas de Delia Patricia. El primero con *la Pequeña* y el segundo, con Nadia Isabel. Las relaciones del *Águila* ayudaron a ampliar las redes de protección y hasta a reducir las rentas que se daban a los policías.

Las tienditas se consolidaron e incrementaron sus ventas. Se calculaba que los tres negocios arrojaban ganancias hasta por 200 000 pesos semanales; pero pronto la organización abrió otras tres tienditas que, sumadas a las anteriores, llegaron a comercializar al menudeo dos kilos de cocaína a la semana, con ventas hasta de 800 000 pesos.

Las jornadas de trabajo eran agotadoras. No sólo porque las tienditas tenían que ser vigiladas las 24 horas todos los días del año, sino porque algunos de los vigilantes también participaban en los procesos de separación y empaquetado, tal como lo recuerda *el Sapo*, quien relata una de tantas noches en vela trabajando, a fines de junio de 1998:

Aquella noche doña Paty llegó a su domicilio con dos kilos de cocaína en polvo, de la llamada "nacarada", que había comprado al *Rivelino*. Entregó uno de los kilos al *Tabique* para que la "cocinara". Éste me explicó que es posible cocinar la cocaína en polvo en cualquiera de sus texturas: nacarada, cremosa o la escama de pescado, para ser procesada a cocaína base, mejor conocida como "piedra".

En el interior de la cocina *el Tabique* tomó una olla de aluminio, la llenó de agua y la puso al fuego de la estufa Mabe blanca. Vació el kilo de cocaína y con una cuchara de madera removió la mezcla hasta que se disolvió. Cuando estaba hirviendo vertió medio kilo de bicarbonato y siguió removiendo, al punto de que la mezcla alcanzó una consistencia similar a la de un aceite adquiriendo un color piloncillo (café oscuro).

La retiró del fuego y la puso a enfriar para después vaciar el contenido en una superficie de madera, la cual recibía el contenido una vez que había sido colado con una especie de red que retenía los residuos de bicarbonato. Al final del proceso se obtenía una especie de tabique (por eso le decían *el Tabique*) de color piloncillo, con peso de un kilo 200 gramos y que se vendería como cocaína base, especialmente para fumar.

Los demás nos sentamos alrededor de una mesa de vidrio, al centro de la cual colocaron el producto. *El Tabique* tomó un bisturí y empezó a realizar los cortes hasta obtener pedazos semejantes a los de un frijol. Cientos de pequeños pedazos se guardaron en tubos de plástico para evitar que las dosis se derritieran y fueron introducidas en un refrigerador. Un rato después comenzamos a engraparla o dosificarla.

El otro kilo de cocaína fue dividido en cuatro partes, para que fuera molida con un rodillo de madera y mezclada con otras sustancias contenidas cada una en su empaque. "Una de estas bolsas —dijo *el Tabique*— contiene un ingrediente que es usado para complementar un medicamento conocido como Saridón, que por tener un sabor amargo sirve para cortar la cocaína. La otra bolsa contiene un complemento de un medicamento llamado Panadol y éste evita que la cocaína, al ser mezclada con el primer ingrediente, tome un color grisáceo. Ahora tenemos kilo y medio de cocaína de buena calidad; hemos ganado medio kilo más."

Luego trajeron dos básculas digitales de precisión. Varias engrapadoras, cajas de grapas y pequeñas bolsas de plástico transparente. Dos personas se encargaban de pesar las dosis sobre pequeños papeles de color blanco, de cuatro centímetros de largo por tres de ancho, mientras los demás nos encargábamos de hacer varios dobleces a los papelitos hasta que quedaba un paquetito de apenas un centímetro y medio de ancho, el cual era engrapado para conservar el contenido. En cada bolsa de plástico transparente se guardaban 60 paquetitos, también conocidos como grapas. En total armábamos 6 000 grapas de cocaína base y en polvo: la cantidad que se comercializaba semanalmente.

Y mientras las ventas crecían, *el Águila* descubrió que el encargado de la Policía Judicial Federal en la zona de Nezahualcóyotl no era Romero Juárez sino Víctor Manuel Bárcenas Coronel, a quien se conocía como el licenciado Bárcenas. Éste puso en su lugar a Romero y entonces *el Águila* tomó por completo el sitio de primer lugarteniente de la organización. Más aún, *el Águila* se relacionó con otro comandante de la Policía Judicial Federal, Enrique Antonio Contreras Galicia, adscrito a la subdelegación del municipio de Texcoco, en el Estado de México.

El tiempo transcurrió rápidamente y para mediados de 1999 la organización mostró un importante crecimiento: ya controlaba 50 puntos de distribución y venta de cocaína en base o en polvo, por lo que Delia Patricia integró más gente a la organización: su media hermana, Guadalupe Bárcenas Buendía, y el esposo de ésta, Walter Gerardo Serratos Cruz; sus hermanos, Miguel y Carmen Buendía Gutiérrez, y sus hijos, Israel y Omar Vargas Buendía, llamados *el Sinky* y *el Panda*, y un par de jóvenes, José Luis y Eduardo Flores Ruiz, *el Cuchillo* y *el Vampiro*, además de otras personas.

Conforme a la estrategia planteada por *el Águila*, la organización se dividió en varias zonas de operación. La primera partía de la avenida López Mateos, cruzando por las avenidas Texcoco y Sor Juana Inés de la Cruz, para terminar en la zona de bodegas de vino Domecq, en el municipio de Los Reyes. La segunda zona partía de la avenida López Mateos y llegaba hasta las vías de ferrocarril en el municipio de Los Reyes. La tercera partía de la López Mateos por avenida Chimalhuacán, y terminaba a unas calles de la Unidad Izcalli. La cuarta zona salía de la López Mateos e iba sobre el Bordo de Xochiaca, para terminar cerca de la Unidad Rey Neza, junto al estadio de futbol Neza 86. Y por último, la quinta zona se localizaba en los límites de los municipios de Nezahualcóyotl y Chimalhuacán, Estado de México, e incluso abarcaba parte de éste.

En el inicio del segundo semestre de 1999, la organización ya distribuía cerca de 12 kilos de cocaína al menudeo o grapeada, cuyas ganancias eran calculadas en aproximadamente cuatro millones 800 mil pesos a la semana. La organización tomaba forma y cada cual tenía su labor.

Miguel, hermano de Delia Patricia, proporcionaba el papel que se utilizaba para elaborar los paquetes, pues tenía una imprenta de donde lo sacaba. Carmen se encargaba de elaborar los paquetes junto con Emilia Mújica y María del Carmen Pérez. Los hermanos José Luis y Eduardo se encargaban de transportar la cocaína a las diferentes casas de seguridad, así como de recoger las remesas de droga que ya estaban elaboradas para guardarlas en la casa de seguridad de la calle de Cerezos, entre Álamos y Escondida, en la colonia La Perla, de Ciudad Nezahualcóyotl.

Conforme la organización iba creciendo, diferentes corporaciones policiales municipales, estatales y federales volteaban cada vez más sus ojos hacia los cabecillas. Tanto que, a finales de junio de 1999, un grupo de la Policía Ministerial adscrito al Valle de Texcoco y a cargo de Jorge Botello Caballero, llegó hasta una de las tienditas a confiscar droga y dinero. Los encargados hicieron contacto con el comandante Florentino Romero y con *el Tabique*, quienes de inmediato se trasladaron al lugar para buscar un arreglo. Sin embargo, Botello Caballero no accedió y en cambio exigió la presencia del *Águila* para negociar. Como no había otra opción, pues la amenaza era que todos serían llevados a las oficinas de la Fiscalía Especializada para la Atención de Delitos contra la Salud (FEADS) de la PGR, se llamó al *Águila*, quien no tardó mucho en llegar; a su arribo, una docena de agentes de la Policía Ministerial de la PGR se le fue encima y lo desarmó.

Jorge Botello se paró frente al *Águila* y, sin mediar palabra, golpeó su rostro con tal fuerza, que por la boca y la nariz del delincuente corrió la sangre y afloró la frustración de tan poderosa persona, que en ese momento sucumbía ante la superioridad numérica de sus adversarios, mientras Botello le recriminaba:

—¡Te dije, Carlos, que me las pagabas todas juntas! Nunca te debiste meter con mi familia, cabrón. Pensaste que otra vez te ibas a pelar, pues déjame decirte que te equivocaste.

Luego de exclamar a los cuatro vientos su victoria, Jorge Botello se llevó detenido al *Águila*, avalado con una orden de aprehensión por los delitos de secuestro y privación ilegal de la libertad, y como botín de guerra, 9 000 pesos y siete bolsas de cocaína base y polvo, cada una con 60 grapas.

Delia Patricia se puso en contacto de inmediato con sus abogados para liberar al sujeto, quien se encontraba preso en el Reclusorio del Bordo de Xochiaca, en Ciudad Nezahualcóyotl. Después de consultar a varios, finalmente el abogado Agustín Guardado Vázquez aceptó el caso y pidió unos días para analizarlo.[2] Una vez que lo hizo, visitó a doña Paty:

—Mire, señora Patricia, ya leí lo que tenía que leer y también platiqué con Carlos; por lo que hablamos, puedo decirle que a él se la cuadraron, le fabricaron la detención,

[2] Según una nota publicada en *El Universal Gráfico* del 22 de agosto de 2002, firmada por los reporteros Jorge Ramos y Francisco Gómez, el despacho del abogado Guardado se encuentra en el número 42 de la calle Canelos en el municipio de Ciudad Nezahualcóyotl, y dicho personaje ha tenido que declarar conforme al expediente 123/2002 en relación con las investigaciones sobre los vínculos del cártel de Neza con magistrados y jueces.

ya que estaba cumpliendo con su trabajo cuando era agente de la policía; yo se lo creo. Pero a quien hay que demostrárselo es al juez, para que lo absuelva o lo deje libre bajo fianza y así pueda llevar el proceso estando fuera de prisión.

"Por lo pronto, hay que ser pacientes. El auto de formal prisión ya no se lo podemos quitar. Yo tengo que apelar y eso tarda entre tres y cuatro meses, y para tener un buen resultado hay que repartir dinero. ¿Cuánto? No lo sé. Así que, señora Patricia, si usted quiere que lleve el asunto de Carlos, mis honorarios van a ser 400 000 pesos y quiero por adelantado 100 000 en efectivo; el resto me lo dará cuando logre sacarlo de prisión. Quiero dejar en claro que si hay que dar regalos, ésos corren por cuenta suya, ya que mis honorarios no cubren tales gastos. No sé si usted esté de acuerdo o tenga alguna duda."

—Abogado, voy a confiar plenamente en su palabra; por algo me lo recomendó el licenciado Manuel Vaca Godoy. Aquí están sus 100 000 pesos en efectivo, y no se preocupe, los regalos corren por mi cuenta, y el resto se lo entrego cuando salga mi yerno. Pero si usted me sale con que no pudo, le cobro mi dinero, los regalos extra y le mando un recuerdito para que nunca me olvide, porque yo no soy la pendeja de nadie. Yo suelo ser muy espléndida con la gente que me ayuda, pero también soy bien agresiva con la gente que se quiere pasar de lista conmigo. Así que, con su permiso, buenas tardes, abogado.

La noticia de la detención del *Águila* se esparció por todo el territorio donde operaba la organización, que para entonces además de los municipios de Ciudad Nezahualcóyotl y Chimalhuacán había abarcado los de Texcoco y Ecatepec.

Los puntos de venta se convirtieron en blanco de las diferentes corporaciones policiacas. Para ese entonces, *el Pato* ya no trabajaba para la organización, pues había sostenido un enfrentamiento con el esposo de Nadia Isabel, Fernando Morales Castro, *el Fer*, que había regresado con ella luego de un tiempo de ocultarse en Estados Unidos.

Dada la situación, doña Paty lo buscó para que se reintegrara, y así lo hizo, pero ni con su ayuda mejoraron las cosas, recuerda *el Sapo*:

Un día, en la tiendita de Oriente 9, llegué junto con *el Pato* porque nos reportaron que unos sujetos no permitían la venta de la mercancía; nos enteramos que al frente estaba un policía de nombre Jorge Navarrete, en aquel tiempo comandante del grupo de investigaciones de la Policía Ministerial del Estado de México, adscrito a la delegación de la colonia La Perla, en Nezahualcóyotl.

Sabíamos que él era compadre del *Águila*, así que *el Pato* le explicó que las tienditas eran de doña Paty, pero Navarrete reviró:

—A última hora, yo no tengo ningún interés ni compromisos con esas pinches viejas, el compromiso es solamente con mi compadre Carlos y como él no está, voy a seguir rompiéndoles la madre hasta que me canse; y tú, pinche *madrina*, ábrete a la chingada, porque si antes no te hacía nada era por mi compadre, pero si vas a meter las manos por esas pinches viejas gordas te voy a chingar.

Ése fue el pan de todos los días de la organización hasta que *el Águila* recobró su libertad, cuatro meses después, mientras tanto ayudaron a disminuir el hostigamiento contra nosotros: Germán González González, *el Gallo*, agente de la Policía Ministerial del Estado de México, adscrito al Grupo de Política Criminal y Combate a la Delincuencia y quien tenía su base en la colonia Campestre Guadalupana, de Ciudad Nezahualcóyotl; él era uno de nuestros mejores protectores. Recuerdo que una vez nos llamaron porque tres sujetos a bordo de un Jetta blanco impedían la venta en la tiendita de López Mateos 55, de la colonia Las Águilas; le hablamos y cuando llegó a dicho sitio junto con sus acompañantes, sin pretender entablar diálogo con los hostigadores, comenzaron a golpearlos con singular saña.

Dos de ellos eran policías del Estado de México y el tercero su madrina, por lo que en medio de la lluvia de golpes y patadas gritaban: "Ya estuvo, *Gallo*, somos pareja". Con la sangre regada en su cuerpo, con las costillas rotas que no les permitían mayores movimientos, moretones en todas partes y casi sin dientes, los tres sujetos fueron obligados a viajar recostados en pisos y asientos de su coche, cuyo interior estaba salpicado de sangre por doquier. Iban presas del *Gallo* y sus acompañantes, todos ellos con ropas negras que en el dorso tenían inscritas las letras PJE (Policía Judicial Estatal).

Al siguiente día, la prensa dio cuenta de que tres personas habían sido ejecutadas con arma de fuego y encontradas debajo de la caja de un tráiler en el Calle de los Reyes, municipio de La Paz, Estado de México. Se confirmaba que eran dos policías de dicha entidad y un *madrina* de éstos. Fue una de las tantas ejecuciones que realizaría *el Gallo* por órdenes de doña Paty, durante el tiempo que trabajó para la organización.

Otro policía que ayudaba a la organización era Ignacio Mendoza, comandante del Segundo Grupo de Política Criminal y Combare a la Delincuencia. Brindaba a la organización toda la información que tuviera sobre operativos sorpresa, no sólo de la Policía Judicial del Estado de México, sino también de aquellos que realizaba la Policía Judicial Federal.

Por el lado del municipio de La Paz, la organización contaba también con protección policiaca: Artemio Arias, viejo amigo del *Águila*, que en ese entonces se encontraba en la subdelegación de la Procuraduría General de Justicia del Estado de México, en el Valle de los Reyes, municipio de La Paz. Otros agentes que brindaron protección a la organización a cambio de fuertes cantidades de dinero fueron Rubén Hernández, *el Ronco*; Jesús Rebollo, *el Rebollo*; Antonio Silva Gaitán, *el Silva*; Eduardo Tapia, *el Tapia*; Ge-

rardo López Rosales, *el Conejo*; Roberto Novo, *el Novo*...
Todos ellos agentes de la Policía Ministerial de la Procuraduría General de Justicia del Estado de México.

NUEVOS HORIZONTES

A fines de octubre de 1999, Carlos Morales, *el Águila*, ya estaba libre y de inmediato se reincorporó a las actividades de la organización. El abogado Guardado hizo su trabajo y los demás el suyo. ¿Quiénes? Pues esa red tejida en el interior del Poder Judicial por los cabecillas del cártel de Neza.[3]

El Sapo dice que no tiene pruebas para demostrar cómo se ayudó al *Águila* a salir de prisión, pero recuerda bien que éste obtuvo una sentencia absolutoria luego de haber sido acusado de privación ilegal de la libertad y ser condenado en primera instancia a 38 años de prisión.

¿Dónde se llevó el asunto del *Águila*? *El Sapo* recuerda que fue en un juzgado de Toluca, Estado de México. Es un testimonio que pone en evidencia el secreto a voces de la sociedad mexicana: el de la corrupción de los jueces, magistrados y ministros, quienes conforman ese poder

[3] De acuerdo con una nota publicada en *El Universal Gráfico* del 22 de agosto de 2002 firmada por Jorge Ramos en la página 27, la PGR realizó investigaciones para conocer los vínculos del cártel de Neza con magistrados y jueces que los protegían desde sus ámbitos de actuación.

poco comprendido por los mexicanos. Un poder al que casi nunca se culpa de impunidad, aunque deja libres a los más temibles delincuentes. Poder que siempre busca y encuentra los errores de las averiguaciones previas integradas por los ministerios públicos, gracias a los cuales tendrán elementos para fallar a favor de quienes han secuestrado, asesinado, robado o traficado con drogas, como lo han afirmado infinidad de expertos, entre ellos el jurista Eduardo López Betancur.

DIVERSIFICACIÓN

El Águila quería recuperar el tiempo que pasó en prisión, y una vez que logró reposicionar a la organización en lo que ya era su territorio, Ciudad Nezahualcóyotl y municipios adyacentes, buscó la diversificación de las actividades, por lo que entró en contacto con un grupo de personas dedicadas al robo de tráileres con mercancía.

José de Jesús Díaz Martínez, *el Tata*, comandaba una organización dedicada al robo de autotransportes, la cual era conocida como *Ojos Rojos*, que también tenía su centro de operaciones en Ciudad Nezahualcóyotl. Tan pronto se conocieron los cabecillas de los *Ojos Rojos* y de la organización de *la Ma'Baker*, comenzaron a trabajar juntos. Los primeros vendían cada mes a la organización de tres a cuatro tráileres con mercancía (juguetes, ropa, aparatos electrónicos, medicamentos, vino, artículos de línea blanca y todo lo que tuviera "salida rápida"). La mercancía era pagada en efectivo con el 35 o 50 por ciento de su valor de factura.

El Sapo escuchó decir alguna vez que la mayoría de los tráileres eran robados en las autopistas México-Puebla y México-Querétaro, en la calzada Ignacio Zaragoza o en las carreteras federales Texcoco-Los Reyes y Los Reyes-México. También se enteró de que los tráileres robados eran escondidos en bodegas propiedad de Delia Patricia, las cuales se encontraban a un costado del destacamento de la Policía Estatal, en el municipio de Chimalhuacán, a unos kilómetros de la carretera federal Texcoco-Los Reyes.

Al parecer, recuerda *el Sapo*, se escogió ese lugar porque elementos de dicho destacamento les brindaban protección a cambio de dinero, claro. Pero no todos cabían en el mismo sitio, así que *el Águila* disponía de otras bodegas por el rumbo de Santa Martha Acatitla, en la delegación Iztapalapa, Distrito Federal. Los tráileres eran llevados a esos sitios, donde no se descargaba la mercancía, sino que sólo se desenganchaba la caja. Luego, los remolques se trasladaban a un deshuesadero de la calzada Ermita Iztapalapa, en la colonia Santa Cruz Meyehualco, de la delegación Iztapalapa. Éste era atendido por un sujeto del cual *el Sapo* sólo supo que le llamaban *el Óscar* y quien se encargaba de desmantelarlos sin dejar rastro de ellos.

Dicho sujeto, se enteró después *el Sapo*, sería quien encabezaría otra célula de la organización de Delia Patricia, precisamente en la misma zona de Iztapalapa, que sería conocida con el nombre de La Fortaleza.

Las cajas eran enganchadas a otros tráileres y tan sólo se les colocaban enormes lonas con logotipos de la Cervecería Modelo u otras marcas conocidas, para ser llevadas hasta las bodegas del barrio de Tepito, donde la pareja sentimental de *la Ma'Baker*, Raúl Ramírez Pichardo, *el Chato* (hermano de una agente del Ministerio Público de la FEADS, Leticia Ramírez Pichardo, que al parecer proporcionaba información a la organización), y su ex yerno, Rivelino Contreras, se encargaban de vender la mercancía en varios puestos del llamado "barrio bravo". Las ganancias obtenidas, según versión del *Sapo*, eran de ocho a 10 millones de pesos mensuales, que se repartían no sólo entre los que robaban y comercializaban, sino entre algunos policías que les ayudaban, incluyendo los elementos de la Policía Ministerial del Estado de México, entre los que *el Sapo* recuerda a una mujer a quien llamaban Marisela y que viajaba a bordo de la patrulla de la PJE número económico 110. Ella, junto con otros agentes, detenía a los conductores para saber qué tipo de mercancía transportaban y luego avisar a los asaltantes.

BUSCADORES DE TAJADA

A principios de 2000, muchas de las actividades de la organización eran más que sabidas por diferentes corporaciones policiacas, que lejos de combatirlas las buscaban para sacar algo de provecho.[4]

Fue el caso de uno de los comandantes de la Policía Judicial del Estado de México, Jorge Navarrete, quien insistía a catear las casas de seguridad de la organización. Una de ellas ubicada en avenida Floresta, entre las calles Sur 2 y Loma Bonita, en la colonia Floresta de Ciudad Nezahualcóyotl. En compañía de su hermano, Ángel Navarrete, comandante de la Policía Judicial del Distrito Federal, y de agentes de la Policía Judicial Federal, catearon la casa y confiscaron 15 000 dosis de cocaína, tres metralletas del tipo AK-47 y dos pistolas tipo escuadra 9 milímetros, además de 300 000 pesos en efectivo.

El comandante Navarrete llevó consigo a la única persona que cuidaba la casa, Carlos Soria, *el Cabezas*, y lo abandonó dándolo por muerto en un canal de aguas negras cerca del municipio de Tlalnepantla, Estado de México. Como pudo, *el Cabezas* dio aviso a la organización de lo que hizo el comandante Navarrete.

[4] En agosto de 2002 el periódico *El Metro* publicó una nota firmada por Abel Baraja titulada: "Pide Robles Liceaga un millón a *la Ma'Baker*", y refiere que de acuerdo con el "testimonio" del testigo protegido José Félix de la Rosa que consta en la averiguación previa 474/FEADS/2002, Robles Liceaga pidió a Buendía Gutiérrez, del cártel de Neza, dinero para que pudiera operar en la zona… También acusó a los elementos de la Agencia Federal de Investigaciones, en Neza, de proteger a las redes de venta al menudeo.

La reacción no tardó. *El Águila*, quien se encontraba en Cancún, Quintana Roo, regresó de inmediato para hacerse cargo de la situación. Delia Patricia estaba furiosa. Meses después, Jorge Navarrete y su hermano Ángel aparecieron grotescamente ejecutados. Las investigaciones apuntaban a que ambos habían sido víctimas de una venganza, al parecer de una organización dedicada al robo de autotransportes, sin dar mayores datos.

A mediados de 2000, la organización comenzó a caracterizarse por la violenta manera en que ejecutaba a sus adversarios, entre los que había policías e integrantes de otras organizaciones.

El Sapo se enteró de otra ejecución, la de un agente de la Policía Judicial Federal, Germán González, y de su madrina, a manos de los sicarios de la organización, por haber asaltado la casa de seguridad de la colonia Floresta, junto con los hermanos Navarrete. Al divulgarse los rumores sobre las ejecuciones que ordenaba, Delia Patricia Buendía Gutiérrez fue apodada *la Ma'Baker*, en referencia a las canciones de "La noche de Chicago" que por aquellos años interpretaba en español la banda musical R-15 y que hablaba de la guerra entre grupos delictivos en el estado de Chicago durante los violentos años veinte y, por supuesto, por la canción de "Ma'Baker", cuya letra habla de una mujer que junto con sus hijos se dedicaban al robo, también por ese tiempo y en el mismo lugar de la Unión Americana.

Al irse a dando conocer, no fueron pocos los que prefirieron realizar acuerdos con *la Ma'Baker* y con *el Águila*, por lo que a la organización se incorporon nuevos y peligrosos socios. En junio de 2000 se alió Armando Hernández Ramírez, *el Lágrima*, que controlaría la venta y distribución de cocaína base y en polvo en el municipio de Ecatepec, Estado de México, junto con *el Fer* y los sobrinos de *la Ma'Baker*, *el Panda* y *el Sinky*. En ese lugar comenzaron a comercializar cinco kilos de cocaína al menudeo semanalmente, con ventas de hasta seis millones de pesos, cantidades superiores a las obtenidas en Nezahualcóyotl.

De sus ganancias, destinaban millón y medio a la compra de más cocaína. De los cuatro millones y medio restantes, *el Lágrima* tomaba tres para repartirlos entre él y *la Ma'Baker*. El millón y medio restante era dividido en tres partes: al *Fer* le tocaba un millón y el medio millón restante se lo repartían entre *el Panda* y *el Sinky*.

En ese mismo mes se incorporó a la organización Arturo Hernández Hurtado, *el Gallo*, primo hermano del *Lágrima* y que controlaba la venta de cocaína en el municipio de Chalco, Estado de México, e Iztapalapa, en el Distrito Federal, junto con *el Tabique*. Ellos empezaron con dos kilos de cocaína a la semana, cantidad que a finales del año aumentó a 10. Este grupo obtenía ganancias por cuatro millones de pesos en ventas, semanalmente, los cuales eran distribuidos así: un millón para la compra de cocaína y los restantes tres millones se repartían en partes iguales entre *la Ma'Baker*, *el Tabique* y *el Gallo*.

En tanto, en Ciudad Nezahualcóyotl se aliaban Jesús Arellano y Carlos Roberto Pérez Munguía, *el Arellano* y *el Negro*, para lo cual se restructuraron las zonas de ese municipio quedando en cuatro, que abarcaban hasta el último rincón. Para finales de 2000 llegaron a comercializar 25 kilogramos de cocaína base y en polvo a la semana con ventas de aproximadamente diez millones de pesos: dos millones y medio para la compra, dos millones y medio para *la Ma'Baker*, dos para *el Águila* y los restantes tres millones de pesos se repartían entre *el Arellano*, *el Negro*, *el Pato* y *el Sapo*. En todo esto, *la Ma'Baker* ganaba algo extra. Al encargarse de la compra de la cocaína para su ex yerno, *el Rivelino*, reportaba el precio 20 000 o 30 000 pesos más cara de lo que en realidad pagaba.

Junto con la leyenda viviente de *la Ma'Baker* nacía el cártel de Neza, con extensas redes de distribución y venta de cocaína base y en polvo, grapeada y con la complicidad de no pocos policías. Ya siendo un auténtico cártel, comenzaron a implantar sus propios sistemas de intercambio de información, tomando como ejemplo los métodos de otros cárteles más fuertes, como el del Golfo o el de Juárez. Del mismo modo, era necesario contar con estrecha comunicación entre los principales cabecillas de las células, por lo que el cártel de Neza entró al mundo de la radiocomunicación.

Primero se proporcionó a cada cual un radio Nextel, el cual tenía grabados en su memoria en forma de clave el nombre y la célula de los demás integrantes. A su vez, *la Ma'Baker* le entregó a cada uno otro Nextel, por el cual sólo se podían comunicar con ella. De hecho, muchos integrantes del cártel de distintas células no se conocían entre sí, para mayor seguridad de la organización.

Cada célula también tenía su propio sistema de claves para organizar sus ventas, recuerda *el Sapo*: la célula principal manejaba su venta y distribución de cocaína como si ésta fuese una bodega de licores. Cuando se llevaba a cabo el cambio de turno de un negocio se reportaba por teléfono con el encargado, por ejemplo, que estaba el surtido por cuatro cajas de Bacardí blanco, 12 botellas sueltas y 10 cajas de Don Pedro con 15 botellas sueltas, lo cual significaba que el negocio estaba surtido con cuatro bolsas de cocaína blanca con 12 grapas y con 10 bolsas de cocaína base con 15 grapas.

Otra célula relacionaba su mercancía con pinturas, y cuando había cambio de turno se reportaba por teléfono que había cinco cubetas de pintura blanca con tres litros sueltos, al referirse a la cocaína blanca, u ocho cubetas de pintura amarilla con 10 litros sueltos, para referirse a la cocaína base.

Una tercera célula relacionaba el negocio con videocintas, y cuado reportaba la existencia de mercancías por teléfono decía que tenía en existencia cajas de videocintas y videocintas sueltas.

En ese año 2000 *el Sapo* vio cómo el cártel de Neza se sintió tan poderoso como para poder seguir diversificando sus actividades delictivas. Una de ellas fue el tráfico de goma de opio.

Aunque *el Sapo* nunca participó de manera directa en ese negocio, se enteró de que *el Águila* entró en contacto con una organización que trabajaba en la sierra del estado de Oaxaca, conocida como *Los Oaxacos*.

Según supo, éstos le hacían llegar *al Águila* varios kilos de goma de opio camuflada e introducida en acumuladores de autos de la marca LTH, que viajaban en camionetas de dos toneladas y media con logotipos de dicha empresa. Cuando la mercancía estaba en poder de la gente del cártel de Neza, éstos, con ayuda de sus contactos policiacos, la transportaban de la misma forma a la ciudad de Guadalajara, Jalisco, hasta entregarla a una organización denominada *Los Jaliscos*.

Pero en este giro no tuvieron suerte. La noticia de que se habían perdido cinco kilos de goma de opio causó la muerte de al menos tres personas, por lo que *la Ma'Baker* y *el Águila* decidieron alejarse de ese negocio y dedicarse a consolidar el cártel de Neza, que seguía incorporando personalidades del bajo mundo, entre ellos Rubén Lara Romero, *el Apolo*; Luis Antonio Ríos, *el Rater*, y Eduardo Valladares Martínez, *el Lobohombo*.

Las jugosas ganancias le permitieron a todos los miembros de la familia de *la Ma'Baker* darse una vida de lujos. A sus casas llegaban los más costosos muebles y aparatos electrónicos. Todos tenían baño completo en cada cuarto de dormir; los principales contaban con jacuzzi; también había en las casas salas de juego, gimnasio y algunas tenían piscina. Las cocheras eran ocupadas por ostentosos automóviles: BMW, Jaguar, Lincoln, PT Cruise y camionetas Navigator, Cherokee, Lobo y Suburban, entre otros vehículos.

LAVANDERÍAS

Por la cabeza del *Sapo* pasaban todas estas imágenes de ostentosidad y se preguntaba: ¿Cómo esta familia va a justificar ante la sociedad su auge económico?

La respuesta la conoció pronto. Las hijas de *la Ma'Baker* empezaron por comprar la Arena de Lucha Libre de Ciudad Nezahualcóyotl al supuesto dueño Carlos Mayens Flores, para luego formar la promotora conocida como BB (iniciales de Bustos Buendía). A través de ésta lograban *lavar* alrededor de cinco millones de pesos mensuales. Las inversiones en remodelación exterior e interior de la arena, ubicada en Carmelo Pérez, habían sido cuantiosas. La arena de Neza —hoy en abandono y bajo resguardo de las autoridades policiacas— servía como centro de distribución. Ahí se guardaban las remesas.

En tanto, *el Águila*, con ayuda de algunos de sus hermanos, se integró a la cadena de telefonía celular Pegasso, de la que llegó a tener 25 sucursales en todo el municipio, que le permitían *lavar* 16 millones de pesos al mes.

Mario Solís y Fernando Morales Castro formaron una asociación de taxis, para lo cual adquirieron cerca de 120 vehículos Volkswagen, Chrysler y Tsuru, prácticamente todos con sus respectivas placas o permisos del municipio y también ecológicos, del Distrito Federal. Esto les permitía *lavar* unos 11 millones de pesos mensuales.

Posteriormente, el dinero se empezó a *lavar* a través de la discoteca El Congo, ubicada en la avenida Insurgentes, en el Distrito Federal, así como en la Feria del Caballo en Texcoco, Estado de México.

De cara a la sociedad, la familia de *la Ma'Baker* justificaba su fortuna y sus fiestas eran escandalosas. Dos de ellas se quedaron en la mente del *Sapo*. Una, sobre todo: la del cumpleaños de Ana Karen, hija de Nadia Isabel, *la Japonesa*, la segunda de las hijas de *la Ma'Baker*.

Para organizar aquella fiesta, se cerró al tráfico vehicular la calle de Poniente 29. Desde la hora de la comida llegaron los mariachis para entonar "Las mañanitas". Por la tarde empezaron a funcionar los juegos mecánicos para los niños: caballitos, coches chocones, el dragón volador, el barco vikingo y en el centro de la feria infantil un toro mecánico.

La principal atracción de la tarde, el cuadrilátero de lucha libre donde pelearon el Super Porky, Fray Tormenta, el Solitario y otros destacados luchadores de la triple A. Por la noche, los pequeños disfrutaban sus exquisitos postres mientras observaban el espectáculo del Mago Frank y su conejo Blas.

La otra fiesta que recuerda *el Sapo* es la de un cumpleaños de *la Ma'Baker*, en agosto de 2000. Delia Patricia fue despertada desde muy temprano con música de mariachi, el mismo que regresaría a amenizar la hora de la comida, a la cual asistirían los comandantes y agentes judiciales del Estado de México y federales que les brindaban protección.

Una comida de exquisitos platillos internacionales acompañados por los mejores vinos. Llegada la noche, el whisky Chivas Regal, el coñac XO y el tequila Don Julio sirvieron para calmar la sed de las docenas de invitados que disfrutaron el espectáculo de la comediante Liliana Arriaga, conocida como *la Chupitos*, para después bailar alegremente con las interpretaciones de los grupos Rayito Colombiano y Perla Antillana.

La fiesta se prolongó hasta el amanecer del siguiente día, en que los convidados se retiraron en sus lujosos autos, después de haber lucido sus más costosas joyas y prendas de vestir. Nuevamente, la ostentosidad de los líderes del cártel de Neza atrajo la atención de diversas corporaciones policiacas, que buscaban obtener algún beneficio extorsionándolos, más que combatiéndolos.

Pero *la Ma'Baker* estaba decidida a enfrentar a quien fuera con tal de proteger su emporio. Así, en septiembre de aquel 2000 las ejecuciones de policías se repitieron.

La autoridad tenía su propia respuesta. Antes de finalizar el año 2000, el recién llegado presidente municipal de Ciudad Nezahualcóyotl, Héctor Bautista, un político del Partido de la Revolución Democrática (PRD), impulsó la formación de los grupos Sérpico, Relámpago, Centauro y Bengala de la Policía Municipal, mientras que la Procuraduría General de Justicia del Estado de México creaba los grupos Delta y Alfa.

Casi todos esos grupos formados para combatir al crimen organizado en el Estado de México eran comandados por ex militares o ex judiciales federales. Los grupos formados por las autoridades del municipio de Ciudad Nezahualcóyotl quedaron bajo el mando del ex militar Carlos Ernesto García García.

Por aquellos últimos días del año 2000, la guerra entre los diversos cuerpos policiacos y los integrantes del cártel de Neza se recrudecía, por lo que la gente de esa organización buscó un nuevo acercamiento con las autoridades.

El Sapo acompañó al *Águila* a buscar a Martín Caballero Torner Martínez, *el Torner*, quien estaba al frente de una revista de política en dicho municipio. Se le pidió buscar a García García para poner un alto al hostigamiento contra la organización y así lo hizo, pero la respuesta que obtuvo *el Águila* fue desalentadora.

—Dice García García que no va a negociar con nadie. Y que si es preciso poner en riesgo su propia vida lo hará con tal de acabar con el narcotráfico en Ciudad Nezahualcóyotl.

García García no alardeaba. En noviembre de 2000, *el Sapo* acompañaba al *Águila* cuando éste fue localizado en su Nextel mientras circulaban por la calzada Ignacio Zaragoza, al oriente del Distrito Federal: había problemas en el domicilio del principal lugarteniente del cártel de Neza.

Como era cerca de la media noche, el tránsito no fue impedimento para que en 15 minutos estuvieran en el domicilio del *Águila*. Al llegar observaron cómo la casa estaba rodeada por *pick-ups* y *vanets* pertenecientes al grupo Relámpago y al menos medio centenar de elementos con overoles negros y encapuchados, que con sus potentes armas esperaban el arribo del delincuente. Tan pronto llegó *el Águila*, se dirigió hasta una camioneta Expedition color vino, a bordo de la cual tenían a *la Ma'Baker* y al *Tabique*.

—¿Quién viene a cargo del operativo? —preguntó *el Águila*.

—Yo vengo a cargo. ¿Qué se le ofrece? —respondió García García.

—¿Por qué se llevan a mi gente?

—Tu gente… —dijo García García al momento en que abría una de las puertas de la Expedition y mostraba al *Águila* las bolsas negras con envoltorios de cocaína.

La plática entre ambos continuó en términos ásperos por varios minutos, hasta que *el Águila* se dirigió *al Sapo* para ordenarle que de inmediato le consiguiera 800 000 pesos, dinero que, según le dijo su jefe, él mismo entregaría a García García, con quien ya había llegado a un arreglo, por lo que a partir de ese momento su dirección policiaca estaría "para beneficio del cártel de Neza".

La organización delictiva había saltado un nuevo obstáculo. Y la fortuna le favorecía otra vez; a mediados de diciembre de 2000, el negocio encontraría nuevos arreglos comerciales gracias *al Sapo*.

REENCUENTRO CON EL PASADO

Una fría noche de invierno de 2000, *el Sapo* acudió a la discoteca Congo. La temperatura era de apenas cinco grados centígrados y el gélido aire parecía cortar la piel. La nariz se mantenía roja y el vaho salía de su boca cada vez que la abría.

Con su encendedor de oro prendió un cigarro Camel para mitigar el frío y entregó las llaves de su coche al *valet parking*. Cuando éste se retiró con su chaleco color amarillo chillante, *el Sapo* descubrió a un viejo amigo de su ex jefe, aquel que lo había iniciado en el crimen, Alejandro Beristáin.

Se trataba de César Vidal Velázquez, un ex integrante del cártel del Centro, a quien solamente sus más allegados amigos llamaban el *Cabras,* por la desequilibrada forma de reaccionar ante los problemas. *El Sapo* se acercó para saludarlo, llamándolo por su apodo, cuando de pronto tres sujetos lo rodearon y al instante lo tenían encañonado con sus pistolas tipo escuadra.

—Cálmate, pinche César, si soy yo.

El Cabras se llevó la mano a la cabeza por un par de segundos. Con sus dedos se peinó sus cabellos hacia atrás, inclinó su cabeza hacia su hombro derecho, sin quitar la mirada del *Sapo*, para finalmente reaccionar.

—Quihubo, recabrón Joaquín. Disculpa que no te haya reconocido. Tenía años de no verte, pinche *Sapo*, vamos a echar desmadre allá dentro con unas pieles. Yo invito, güey.

Ambos entraron a la discoteca sin ser revisados por los encargados de seguridad ni esperar a que los cadeneros les permitieran el ingreso. Como a funcionarios públicos o políticos, los escoltas les abrían paso por entre los jóvenes de clase alta que se daban cita en el lugar.

Caminaron entre las pequeñas mesas y sillas apostadas en el establecimiento. La bruma del cigarro y los intermitentes juegos de luces no les dejaban verse el uno al otro, y el estruendoso ruido del *punchis punchis* les impedía hablar.

Pero ya habría tiempo para eso, así que en ese momento no se dijeron mucho. *El Cabras* pidió una botella de Chivas Regal y, entre gritos, dijo al *Sapo*: "Ahorita vienen unas pieles que van a estar con nosotros".

Dicho eso, vieron cómo entre la multitud se abrían camino una colombiana de piel canela, Gepsabet; una rubia de nacionalidad argentina, Daystry, y una morena puertorriqueña Astry. Sus torneadas y esculturales figuras eran rematadas con angelicales rostros de finas facciones y miradas juguetonas, retadoras, coquetas, sugestivas y perversas.

Los viejos amigos bebieron y bailaron con las mujeres hasta las primeras horas del siguiente día, cuando optaron por seguir la reunión en otro sitio. Se dirigieron a la casa del *Cabras*, en Paseos del Pedregal, muy cerca del Centro Comercial Perisur, al sur del Distrito Federal.

Al calor de la droga y el alcohol, las mujeres se daban tiempo para satisfacer los apetitos sexuales de ambos. Las acompañantes intercambiaban pareja. Ellas explayaban todas sus artes sexuales para dejar extasiados a los hombres. El sexo se practicaba en todas las formas posibles e imaginables, sin pudor, sin reglas y sin límites.

Repuestos de la descomunal orgía, vino la charla de negocios. Hablaron de por qué habían dejado de trabajar para la gente del cártel del Centro, al cual ambos habían pertenecido tiempo atrás. Acordaron que era tiempo de mirar hacia el futuro, así que *el Sapo* comentó a su ex compañero que ahora trabajaba para el cártel de Neza, que se dedicaba a vender cocaína base y en polvo dosificada.

En el rostro del *Cabras* se dibujaba una sonrisa malévola. Aquello era melodía para sus oídos. Enseguida le contó a su amigo que él se había relacionado con unos colombianos y que su principal actividad era el tráfico de cocaína en el Aeropuerto Internacional de la Ciudad de México. Le dijo que estaban en buenos términos con la gente que ocupaba la plaza de la Policía Judicial Federal del aeropuerto.

Con la intención de abrir nuevos mercados, le confió que la droga llegaba en diferentes vuelos comerciales procedentes de Bolivia, Colombia y Brasil, y que arribaban de noche al aeropuerto. Que al momento de ser descargado el equipaje, las maletas —de color negro, con plástico reforzado y cinchos gruesos— eran separadas del resto del equipaje y arrojadas en diferentes lugares debidamente previstos para su recolección. "Cada una de las siete maletas que llegan —le dijo— contiene cuatro paquetes de cinco kilos de cocaína y las entregas ocurren cada 20 días, aproximadamente."

Tiempo después *el Sapo* identificaba que la droga que les entregaba *el Cabras* tenía grabada una hoja en cada paquete. "Era una especie de hoja de higuera."

Después de platicar con *el Cabras*, *el Sapo* se retiró a descansar.

Días después le contó a *la Ma'Baker* el reencuentro con su viejo amigo y le planteó la posibilidad de hacer negocios con él. Luego de meditarlo, la cabecilla del cártel de

Neza decidió conocer la oferta que le haría el amigo del *Sapo,* por lo que acordaron una cita que se realizó en la lujosa mansión del *Cabras* en los primeros días de 2001.

—Buenas tardes, señores. Las presentaciones las dejaremos para después, así que voy a ir directo al grano. Nosotros pertenecemos a una organización que opera en su mayoría al suroeste de México y hemos empezado a ramificarla hacia el centro-oriente y occidente del país. Tenemos alrededor de seis meses operando en el Distrito Federal y voy a lo siguiente: la mercancía que nosotros traficamos tiene la pureza de hasta 90 por ciento, por lo cual puede ser expuesta a dos cortes más. Su precio es de 80 000 pesos por kilo y la entrega se hace en la calle. Si la quieren a domicilio, el costo es de 90 000 pesos. El precio es referente tanto para la cocaína blanca como para la cocaína base.

Durante algunos minutos, *la Ma'Baker* escuchó con atención las especificaciones de la mercancía. Cuando *el Cabras* concluyó y la volteó a ver en espera de su respuesta, doña Paty comenzó el regateo, el deporte nacional por excelencia.

—Perfecto, pero le quiero decir algo: nosotros distribuimos alrededor de 50 kilos de cocaína base y polvo semanalmente; nos encargamos de recoger y transportar la mercancía a un lugar seguro. Y por cada dos kilos de cocaína con el corte que le hacemos, salen tres kilos, ya sea base o polvo. El kilo lo pagamos entre 65 000 y 75 000 pesos. Gastamos alrededor de tres millones y medio de pesos a la semana. Con el precio que usted me da, me va a salir más cara y eso no me conviene.

—Mi estimada señora, hablando nos vamos a entender. Usted compra su mercancía entre los 65 000 y 75 000 pesos el kilo y a cada uno le saca medio kilo más. Bueno, a mí me interesa negociar con usted y por eso le voy a dar precio. Qué le parece si le pongo el kilo de cocaína base o blanca a 78 000 pesos. La ganancia será que por cada kilo que usted me compre, al ser debidamente cortado va a obtener dos kilos más. Con 30 o 35 por ciento de pureza, que es lo más comercial que se puede conseguir en el narcomenudeo.

"Eso por un lado; porque si lo prefiere puede obtener sólo un kilo más con un 55 por ciento de pureza, lo cual también le da una sustancial ganancia. Lo que le digo es referente a la venta y distribución de cocaína al por mayor, pero de ninguna manera le quito su mérito al narcomenudeo, porque si ustedes no existieran nosotros nos iríamos cuesta abajo. En fin, ustedes tienen la última palabra."

—Pero, ¿quién nos asegura que la entrega sea segura y la mercancía de tan buena calidad?

—A ver, a ver, a ver, todavía no llegamos a un trato y ustedes ya me están preguntando sobre la calidad de la mercancía y de las entregas. Primero me gustaría que decidieran si están convencidos.

La reunión había alcanzado su clímax; *la Ma'Baker* y *el Águila* se miraron uno al otro por tan sólo cinco segundos. El silencio hizo que ese pequeño instante se convirtiera en un *impasse* interminable y tenso. Finalmente, la mujer enderezó su postura, miró a los ojos al *Cabras* y le dijo con voz firme:

—Sí, me interesa hacer negocios con usted. Pero necesito probar con mis químicos su mercancía; por lo que empezaré por comprarle dos kilos, uno base y otro polvo. Pero no traigo efectivo, ¿acepta cheques?

El vendedor le dijo en tono de broma que si no era de hule estaba bien, comentario que aligeró el ambiente tenso que existía. Acto seguido le dio los datos que debían ser escritos en el cheque. Era el nombre de una maquiladora.

La noche de ese mismo día sería entregada la mercancía en el domicilio de *la Ma'Baker* y de inmediato llevada a sus químicos de confianza para que analizaran la pureza de la cocaína. La droga era buena, por lo que de inmediato comenzó el negocio con *el Cabras*.

Media semana después, los negociantes arreglaron una cita para cerrar el trato. *El Sapo* no acudió, pero *el Águila* le dijo que iría acompañado de Rubén Lara Romero y Carlos Ricardo Oropeza, mientras que *el Cabras* llegó junto con una persona que se presentó como Edward Robert Duval, o algo así.

También le contó que *el Cabras* dijo que sería muy difícil que se volvieran a ver y a partir de ese momento los tratos serían con su gente de confianza, a quienes siempre verían personalmente y nunca contactarían por teléfono. Luego aclaró algunos detalles:

—Por la zona donde operan, el lugar que más cómodo nos queda a nosotros es la colonia Cuchilla del Tesoro. Detrás del aeropuerto. La mercancía siempre será entregada en maletas que contendrán 20 kilos cada una y siempre irán dentro de diferentes vehículos, los cuales ustedes se encargarán de desaparecer. ¿Está claro?

—Sí, está claro. Pero hay un detalle: esa colonia queda cerca del municipio de Ciudad Nezahualcóyotl, pero está en el Distrito Federal, y yo sólo cuento con protección en el Estado de México. ¿Qué pasará con mi gente si los detienen en el Distrito Federal?

—Cálmate. Vamos por partes. Todo está más que arreglado. En mi organización corren intereses de gente muy poderosa e importante como para poder arreglar cualquier problema.[5] Pero para qué te doy más información que ponga en peligro tu existencia y la de tu organi-

---

[5] Una nota publicada en la revista *Proceso* del 1º de septiembre de 2002 firmada por Raúl Monge y titulada: "La estructura policíaca al servicio de *la Ma'Baker*", asegura que *el Cabras*, al dirigirse al *Águila*, le dijo: "Vas a entrar a una organización en la que se gana mucho dinero, pero también hay que repartir bastante. En este negocio hay gente de muy arriba y se mueven muchos intereses…" Le confió incluso que dentro de la oficina del procurador, "la organización" contaba con un "padrino", un secretario de Macedo de la Concha que podría "sacarlos de cualquier apuro".

zación. De cualquier forma, voy a tener una atención con ustedes. Les voy a entregar en el Estado de México la mercancía; se las voy a llevar hasta la Calle 7 y el Bordo de Xochiaca.

El acuerdo estaba cerrado, pero había un detalle que no le gustaba a *la Ma'Baker* ni al *Águila*: el pago de la cocaína era por adelantado. Con desconfianza y todo, se la jugaron, pues las ganancias que obtendrían al duplicar la cantidad de cocaína bien valían el riesgo.

La primera reunión se realizó a mediados de enero de 2001. La gente del *Águila* llegó en un Concorde negro hasta la colonia Cuchilla del Tesoro, al cruce de la auto-pista México-Texcoco, para encontrarse con sus nuevos socios y guiarlos hacia el municipio de Nezahualcóyotl, e indicarles el lugar donde en adelante les harían las en-tregas. Con él viajaban *el Pato*, *el Gallo* y *el Walter*, arma-dos con sus AK-47 y AR-15 recortados. *El Cabras* arribó

Una nota de la agencia APRO fechada el 4 de septiembre y firmada por Ricardo Ravelo dice: "La PGR no desmiente la declaración de su testigo protegido, pero afirma que con motivo de estos hechos se requirió información a la AFI sobre si una persona con el nombre de César Vidal Vázquez —*el Cabras*—, comandante de la Policía Judicial Federal adscrito a la plaza del Aeropuerto Internacional de la Ciudad de México, había sido integrante de la Policía Judicial Federal o hubiera pertenecido en algún momento a la misma Agencia Federal de Investigaciones. De acuerdo con la PGR, la AFI informó que nunca existió en las filas de la PJF, ni en las de la actual corporación, algún elemento identificado como César Vidal Vázquez".

en una Navigator acompañado de tres sujetos, igualmente bien armados, además de otros a bordo de un Cirrus dorado.

El nerviosísmo de la gente del cártel de Neza iba en aumento. Pero al ver que los acompañantes del *Cabras* se mantenían tranquilos, la tensión fue bajando. Tan pronto se saludaron desde sus respectivos automóviles, *el Águila* se puso en marcha con rumbo a la salida del Distrito Federal. La entrega se hizo en territorio del Estado de México, como lo había prometido *el Cabras*. El trayecto fue tranquilo. La gente del cártel de Neza se sentía protegida, debido a que los escoltas del *Cabras* portaban chamarras negras con logotipos de la PGR. Nunca supieron si en verdad se trataba de policías, pero era lo de menos, la vestimenta parecía de agentes judiciales realmente.

Las compras de cocaína fueron en aumento, al tiempo que los puntos de venta se multiplicaron ya no sólo en el Estado de México, sino también en el Distrito Federal. La primera célula que se instauró ahí fue la que tenía como base de operaciones la Unidad Ejército de Oriente, en la delegación Iztapalapa.

Muy pronto, esa célula comenzó a surtir de cocaína a otras pequeñas organizaciones que vendían droga dosificada en las colonias Popular Ermita Zaragoza, Santa Martha Acatitla, Agrícola Oriental, Santa Cruz Meyehualco y la Unidad Ejército de Oriente. Y como la droga era de buena calidad y a buen precio, *el Rivelino*, ex yerno de *la Ma'Baker*, pidió a ésta que le vendiera cocaína para a su vez surtirla en el barrio de Tepito.

La apertura de mercados no paró ahí. En cuestión de semanas, con la anuencia de *la Ma'Baker*, *el Rivelino* habría emprendido negociaciones con pequeños distribuidores de cocaína grapeada en diversos puntos de otras delegaciones del Distrito Federal: Milpa Alta, Xochimilco, Tlalpan, Tláhuac, Coyoacán, Magdalena Contreras y Cuauhtémoc, donde las colonias más demandantes eran Doctores, Obrera, Santa María la Ribera, Morelos y 20 de Noviembre.

Con el tiempo, el cártel de Neza vendía cocaína en ocho delegaciones del Distrito Federal y varios municipios del Estado de México colindantes al oriente y norte con la capital. La compra a la organización del *Cabras* alcanzó la media tonelada mensual.

VOY DERECHO Y NO ME QUITO

Para ese momento la ambición del cártel de Neza era desmedida y ya no estaba dispuesto a que policías y otras organizaciones afectaran sus negocios. Nuevas y violentas ejecuciones se repitieron en los municipios de Chalco, Ecatepec, Ixtapaluca y Ciudad Nezahualcóyotl.

Si bien el municipio de Ciudad Nezahualcóyotl y la delegación Iztapalapa son dos de las regiones más densamente pobladas de todo el país, el municipio de Ecatepec es el que mayor número de habitantes tiene, con más de dos millones y medio de personas, por lo que el cártel de Neza lo peleaba con todo.

El Sapo recuerda que *el Fer*, quien controlaba la célula de Ecatepec junto con Armando Hernández Ramírez, *el Lágrima*, además del *Sinky* y *el Panda*, habían hablado con la banda de *Los Miaus*, encabezada por Norberto Orozco Navarro, *el Chino*, y por Carlos Escalona Delgadillo, para que cerraran y cambiaran de territorio sus tienditas de narcomenudeo. *El Chino* y Escalona Delgadillo se negaron y amenazaron de muerte a varios miembros del cártel de Neza. Por ello, *el Fer* y *el Lágrima* decidieron darles "un buen escarmiento".

A los pocos días *el Sapo* se enteró de que dos hombres habían sido ejecutados con armas de fuego en el interior de su domicilio en Ecatepec, en donde las autoridades encontraron docenas de envoltorios entre sus pertenencias; todos ellos con polvo blanco. A nadie le cabía duda que se trataba de droga.

Escenas sacadas de las películas de mafiosos de los años veinte en Estados Unidos se repetían a lo largo y ancho de las calles y bares de los municipios y delegaciones controlados por el cártel de Neza. Con balas, golpes, amenazas y atentados se defendían los territorios de *la Ma'Baker*, quien no pedía ni daba cuartel a sus enemigos.

Otros criminales que se metieron en problemas con *la Ma'Baker* fueron Mario Solís y su gente, encargados de la célula de los municipios de Chalco e Ixtapaluca. Pero sus problemas se aligeraron casualmente justo después de que dos sujetos aparecieron irreconocibles y con el tiro de gracia en la cabeza. La gente del cártel de Neza nunca habló de quiénes habían ordenado tales ejecuciones, si es que lo habían hecho, pero lo cierto es que con ellas, coincidentemente, se extinguía la competencia en esta zona.

Y si no se toleraba la competencia en otras partes, mucho menos en Nezahualcóyotl. *El Sapo* se enteró de otras ejecuciones en este lugar. En una de ellas, dos militares y un agente de la Policía Judicial Federal fueron baleados porque aparentemente brindaban protección a una cabecilla de una pequeña organización dedicada al narcomenudeo, conocida como *la China* o *la Reyna*, quien era suegra del *Tepito*, gatillero de *la Ma'Baker*. Ella, de acuerdo con *el Sapo*, fue quien asesinó a dichas personas, "justo afuera de su casa, la cual estaba enfrente de la de su suegra".

Y es esa misma mujer quien, al ser detenida, declaró en contra de *la Ma'Baker*, "acusándola de haber matado a varios miembros de su familia".

Sin embargo, no todo resultaba bien. En abril de 2001, *el Sapo* veía sumamente enojada a *la Ma'Baker*, quien sabía por datos que le proporcionaban sus informantes de la FEADS que algunos integrantes del cártel de Neza, entre ellos ella misma y *el Águila*, se encontraban involucrados en investigaciones judiciales que se realizaban por la ejecución de toda una familia en la calle Cuatro Árboles de la colonia Benito Juárez, municipio de Ciudad Nezahualcóyotl.

A pesar de las acusaciones, el dinero aún lo podía todo en ese entonces. *El Sapo* se dio cuenta de que gracias a importantes sumas que repartió *la Ma'Baker*, las cosas se enfriaron y las líneas de investigación de dicha ejecución se inclinaron a señalar que fue producto del multihomicidio perpetrado por un albañil a quien no le habían querido prestar dinero. Muchos sabían, sin embargo, que la desafortunada familia tenía roces con el cártel de Neza.

Así, con ejecuciones, dinero y contactos, los problemas del cártel de Neza iban encontrando soluciones. Tal fue el caso de la célula de la delegación Iztapalapa, comandada por *el Óscar*, que fue objeto de constantes ataques por parte de diversas corporaciones policiacas. "Pero, ¿para qué están los amigos?", se decía *el Sapo* cuando conoció la manera en que resolvió esta célula sus contratiempos.

Para mediados de 2001, gracias a las gestiones que tenía en aquel entonces Vidal Vázquez con Óscar Pérez, quien se desempeñaba como director de Atención Ciudadana de la PGR, lograron contactar a Mario Roldán Quirino, quién era director adjunto de Enlace Operativo de la FEADS, logrando que éste brindara protección a esta célula del cártel de Neza a cambio de un millón de pesos, que se le entregaban mensualmente a través de emisarios suyos.

Roldán Quirino también intervino para evitar que los nuevos elementos de la PGR adscritos a la plaza de la PJF en Ciudad Nezahualcóyotl fueran ejecutados. Los oficiales estaban en la mira del cártel de Neza ya que, aunque acabaron protegiéndola, en un principio se negaban en negociar con la organización.

A la protección de Roldán Quirino se sumó la de Santos Herrera Corona, quien fungía como delegado de la PGR en el municipio; también la del comandante de la PJF en la plaza, Alfredo Guzmán Cortez, y la de sus elementos: Antonio Ramos, Leonardo Constantino Vázquez, César Muñoz Gutiérrez y Candelario Ríos, entre muchos otros.

Sin que al parecer nadie se les pusiera enfrente, ciertos integrantes del cártel de Neza pensaron que también podían incursionar en el negocio del secuestro. Pero como dice el refrán, "zapatero a tus zapatos": su paso por este rubro fue efímero.

Según un relato de algunos que participaron en los secuestros, hubo uno en específico que los convenció de salirse del negocio del secuestro. Al iniciar el tercer trimestre de 2001, la gente del *Águila* planeó el rapto de un español, de nombre José de Jesús Cantón, dueño de un consorcio hotelero y quien en ese entonces supervisaba la construcción de uno de sus hoteles cerca de la salida del Distrito Federal, por la estación del metro Indios Verdes, al norte de la ciudad y hacia la salida al estado de Hidalgo.

De acuerdo con lo que supo *el Sapo*, el secuestro fracasó porque el español —un hombre alto, de tez blanca y ojos claros— se resistió en un principio, por lo que tuvo que ser sometido a golpes cuando lo llevaban a bordo de su vehículo. Su rostro reflejaba un terror profundo y peleaba con todas sus fuerzas en contra de los secuestradores. Finalmente, éstos se dieron cuenta de que estaba muerto. El cuerpo fue tirado en los alrededores de un panteón que se ubicaba cerca de la carretera Los Reyes-Texcoco-Venta de Carpio. Su secuestro no duró ni un día.

Para ese entonces, no importaba que sus secuestros fracasaran, pues la organización tenía ya dimensiones impresionantes. Los clientes crecían día a día. Recuerda *el Sapo* que no sólo los chavos compraban droga. Hombres y mujeres de todas las clases sociales acudían a ellos. Comerciantes, empleados bancarios donde el cártel tenía sus cuentas —como los de la sucursal de Banamex en avenida López Mateos casi esquina con Chimalhuacán—, maestros de escuela, gente que acudía en automóviles con logotipos de dependencias públicas y de diferentes medios de comunicación. También les vendían a personas que llegaban en coches particulares cuyos tripulantes dejaban asomar sus camisas o chamarras de una gran variedad de empresas y entidades, incluso, afirma *el Sapo*, "policías que llegaban a empeñar sus armas o placas con tal de obtener una dosis".

Los mejores clientes eran los que decían ser enviados por gente del medio artístico. De hecho, éstos comenzaron a pedir que la droga se les llevara a ciertos sitios de la ciudad. La cantidad solicitada era la conocida como una "pelota de perico", 25 gramos de cocaína de la mejor calidad, sin cortes, que pagaban a 5 000 pesos cuando la compraban en las tienditas y al doble cuando era entregada a domicilio.

Los negocios se multiplicaban. En Ciudad Nezahualcóytl había cerca de 100 depósitos de cerveza que surtían cada uno a dos o tres tienditas. Tales depósitos podían llegar a comercializar remesas semanales de 100 bolsas con 60 envoltorios en su interior cada una, es decir, 6 000 dosis que les reportaban unos 300 000 pesos. Todo un esquema empresarial al servicio de la delincuencia.

CARNE DE CAÑÓN

Para operar toda esta red de narcomenudeo, el cártel de Neza contrataba por cada uno de los dos turnos —diurno y nocturno— un encargado por depósito, otro más en las tienditas y dos "soldados" que permanecían en la calle y alertaban sobre la llegada de policías. Empleaban a alrededor de 2 000 personas tan sólo para la venta de droga. El municipio de Ecatepec tenía una estructura un 30 por ciento más pequeña. Los escoltas, choferes, gatilleros, abogados y policías sumaban otras 600 personas al servicio del cártel.

Encontrar gente que trabajara para ellos en lugares como Nezahualcóyotl y Ecatepec no era difícil. La gente vive en condiciones de miseria y el sueldo de 2000 pesos diarios para los encargados de los depósitos o de 300 pesos diarios a los encargados de las tienditas representaba mucho más que un salario mínimo. Incluso los "soldados" que ganaban menos tenían mejor ingreso que lo que les pudiera otorgar un empleo formal.

A veces, los propios encargados de depósitos y sus respectivos jefes comerciaban droga al margen de la que vendían para el cártel de Neza. En esos casos, los encargados de las tienditas recibían un pago adicional por las otras ventas que era similar al que les pagaba la organización, es decir, duplicaban su sueldo de 300 a 600 pesos diarios.

Los empleados del cártel en la red de ventas eran hombres y mujeres de entre 16 y 22 años. Se buscaba que fueran jóvenes porque eran "más entrones para los golpes", tenían poco temor de ir a la cárcel, y se podía confiar más en ellos. Se decía que, a diferencia de un adulto con mayor conciencia, los jóvenes eran menos "chivas" o delatores.

Los jóvenes de ventas eran los hijos de las constantes crisis que ha tenido nuestro país. Aquellos concebidos entre principios y mediados de los ochenta. Aquellos que al tener uso de razón se dieron cuenta de que sus padres no encontraban trabajo o ganaban una miseria. Aquellos que nacieron en medio de la pobreza y la desesperanza. Sus primeras palabras fueron crisis, desempleo, explotación. Desde pequeños eran personas con resentimiento hacia una sociedad que se mostraba indiferente a su precaria situación, y hacia sus gobernantes, a quienes asociaban con las palabras corrupción, abuso, ineptitud y fraude.

Eran, pues, producto de la desesperación que en el cártel veían una válvula de escape hacia una mejor vida. Y estos muchachos también veían la manera de cobrar a las autoridades la factura, desafiándola con todo su rencor. De paso, le cobraban también su indiferencia a la sociedad: eran un vehículo para enviciar a la gente e indirectamente despojarla de sus bienes.

Pero lo que atraía a los chavos como un poderoso imán, era la idea de pertenecer a una organización que se hacía respetar en la comunidad. Pertenecer al cártel no sólo les daba un mejor ingreso que el que podrían obtener en el mercado laboral, sino que les hacía sentir "importantes", lo cual en las zonas marginadas es "todo". Tenían dinero para comprarse lo que de niños les negaron sus padres; tenían acceso a la droga que les abría una falsa puerta de escape a sus problemas; podían poseer a las mujeres que quisieran; creían que tenían el respeto de la comunidad, aunque en realidad fuera temor lo que estos jóvenes infundían.

Pertenecer al cártel de Neza los volvía importantes. Los convertía en ese "alguien" que nunca podrían ser mientras no fueran hijos de políticos o empresarios, mientras no acudieran a escuelas privadas, mientras no fueran destacados deportistas, mientras no tuvieran roce con eso que se llama "la élite". Por todo ello, el reclutamiento de chavos era sumamente fácil.

Conseguir locales para los depósitos de cerveza o casas para las tienditas tampoco era difícil. En un lugar en donde casi nadie pone negocios lucrativos, poder alquilar un local en 3 000 o 4 000 pesos mensuales era excelente. A los dueños no les importaba saber que las puertas de sus propiedades fueran reforzadas con infranqueables cerrojos, gruesos blindajes antibalas o mallas de acero (resultaba más fácil hacer un boquete en la pared que tirar las puertas), o que les hicieran salidas por el techo para facilitar el escape de los encargados en caso necesario. Ni siquiera tenían objeción porque en los operativos de la policía se incendiara con alcohol la droga en el interior del local, pues era instrucción que nadie escapara hasta que se prendiera fuego a la cocaína.

En las tienditas tampoco había problemas. Cuando no se encontraban casas abandonadas, la gente que habitaba una vivienda accedía a rentarle al cártel un cuarto por 1 000 o 2 000 pesos mensuales. La mayoría de las veces otros miembros de la familia se adherían a la organización. Los jóvenes como encargados o soldados y las amas de casa preparando los alimentos de los vendedores y vigilantes, pues se les proporcionaban las tres comidas al día (dependiendo del turno) para que no se apartaran de sus puestos.

La gente se acercaba por sí sola a pedir trabajo. Todos querían una oportunidad y el cártel se las daba. Los que no servían para el trabajo por chivas o miedosos eran brutalmente golpeados para que entendieran lo que les esperaba si decían algo a la policía.

La consolidación de los negocios ilícitos del cártel de Neza era acompañada de una ola de ejecuciones y asesinatos. Sin embargo, para este momento las consideraciones por parte de las autoridades estaban terminando y comenzaron a presionar a sus respectivos cuerpos policiacos para que dieran una batalla decidida en contra del crimen organizado.

Para debilitar más la situación del cártel, la Unidad Especializada contra la Delincuencia Organizada (UEDO) de la PGR desmanteló la organización del *Cabras*, a quien acusó de secuestro y delincuencia organizada. La célula de La Fortaleza en Iztapalapa, que para entonces era tan importante como las de Nezahualcóyotl y Ecatepec, se quedó sin cocaína. Al mismo tiempo, las presiones de los policías que les brindaban protección se acrecentaron.

El Cabras era un contacto importante para el cártel de Neza, debido a que tenía el control de la seguridad en el aeropuerto de la ciudad de México. Gracias a él podían introducir 120 kilos de cocaína al mes. Este negocio se fue abajo luego de que integrantes de la AFI, apoyada por miembros de la UEDO, lo detuvieron en septiembre de 2001 por los delitos de secuestro y delincuencia organizada. Lo curioso, señalaba *el Sapo*, es que al detenerlo ninguna corporación sabía que tenían en su poder a uno de los principales integrantes del cártel del Centro, que internaba varias toneladas de cocaína al país por medio de vuelos comerciales que llegaban al Aeropuerto Internacional de la Ciudad de México.

Para finales de 2001, el cártel de Neza entraba en su fase final. *El Sapo* recordaba entonces cómo, durante su corta vida, había sido separado de las diferentes organizaciones delictivas a las que había pertenecido. Cómo había dejado a estos grupos a los que había llegado en busca de la vida que siempre había querido tener, una vida llena de lujos y comodidades que lo deslumbraban, y que contrastaban con su realidad de desintegración familiar, pobreza e injusticias.

Ante este panorama, que se veía complicado para el cártel de Neza, *el Sapo* recordaba su niñez y adolescencia. Era la triste historia de su existencia, llena de muertes, robos, frustraciones, momentos amargos y tan sólo unos pocos, muy pocos, buenos recuerdos…

CAPÍTULO 2

Los Lobos Rojos
La escuela de la vida

Cuando se es niño, comúnmente no se piensa en querer llegar a ser asaltabancos, gatillero, narcotraficante, ladrón o secuestrador. Vaya, hay términos que uno ni siquiera sabe que existen. En las mentes infantiles sólo se alcanza a saber que hay ladrones o robachicos y que éstos siempre son los malos que acabarán en la cárcel o muertos a manos de la policía.

Hay quienes crecen convencidos de tales supuestos. Les ponen el nombre adecuado a los diferentes tipos de delincuentes y los desprecian durante toda su vida. Pero hay quienes tienen una vida llena de frustraciones y adversidades y se colocan en otro camino.

Joaquín Quintero, *el Sapo*, nació un 27 de enero de 1975 a las seis de la tarde en una pequeña clínica ubicada en el municipio de San Juan del Río, Querétaro. Era el segundo de tres hermanos, todos varones. Su padre era contador privado y trabajaba para una empresa particular. Su madre se dedicaba a comercializar zapatos que compraba en León, Guanajuato, y vendía en tiendas en el centro de la ciudad de Querétaro. Tenían más de lo indispensable para vivir.

El Sapo era un niño inquieto y perspicaz, lo que lo hacía sobresalir entre sus compañeros de clases allá por 1978, cuando ingresó a la educación preescolar. Sus ímpetus, que a veces rayaban en el mal comportamiento, le provocaron que un día cayera por las escaleras del kínder hasta el final de éstas. A su corta edad le hicieron creer que era un merecido escarmiento por su mala conducta.

Llegó a la primaria y quizá a causa de aquel accidente su conducta se había mesurado. Pero siguió sobresaliendo entre sus compañeros por su alto rendimiento escolar. Participó en concursos de matemáticas, ajedrez y oratoria a nivel estatal en Querétaro. Su instrucción primaria la concluyó, como era de esperarse, con promedio de 10.

Llegado 1987 ingresó a la secundaria, ciclo durante el cual su vida cambiaría de manera definitiva… para mal. Sus padres se separaron y la familia quedó desintegrada, pues sus dos hermanos se fueron a radicar al Distrito Federal con su padre, mientras que él permaneció con la madre en Querétaro.

Tras el divorcio se mudaron al Estado de México, donde vivían algunos familiares y posteriormente se cambiaron al Distrito Federal para continuar con el negocio de la compraventa de calzado.

Su llegada a la preparatoria, a la edad de 15 años, coincidió con la instauración en el Distrito Federal de grandes zapaterías que vendían el calzado a precios mucho más baratos. La madre acudió a sus familiares del Estado de México, pero lo único que pudieron hacer por ella fue comprarle el zapato a la mitad del precio que había pagado por él. Asimismo, otro de sus hermanos le hizo un préstamo a cambio de la hipoteca de su casa. Como la situación no mejoró, perdieron su patrimonio.

Ya en la preparatoria, *el Sapo* no comprendía cómo la vida puede ensañarse tanto con alguien que dedicaba cada momento a trabajar y ver por su hijo. Aún así, y no obstante los bajos ingresos que percibía su madre, él quería salir adelante y ponía especial atención en las matemáticas. Quería ser contador, como su padre.

Sin embargo, la vida le preparó otra mala pasada. Sus compañeros de escuela, muchos de ellos de buena posición económica, pensaron que un menesteroso hijo de padres divorciados no merecía tener mejores calificaciones que ellos, así que lo involucraron en el robo de documentos de la dirección del plantel. Los directivos de la escuela creyeron la versión de los niños ricos y *el Sapo* fue expulsado.

Por su cabeza pasaron los momentos más difíciles de su corta vida: el divorcio de sus padres, la separación de sus hermanos, la quiebra de los negocios de su madre, la pérdida de su casa a manos de sus propios parientes, los bajos ingresos que percibía su mamá a pesar de las agotadoras jornadas de trabajo y, por último, su expulsión no obstante sus buenas calificaciones. Fue la gota que derramó el vaso.

Frustración, impotencia, rabia, desesperación, rencor, envidia… Todos los sentimientos que la mala fortuna provoca se agolpaban en su mente, que no daba crédito a lo que le pasaba. Quiso ser un hombre de bien y la sociedad le negaba ese derecho poniéndole los más difíciles obstáculos que la vida pueda ponerle a un adolescente sin recursos.

Ahora ya no quería ser contador como su padre. No. Ahora ansiaba desquitar toda su rabia contra la sociedad que lo excluía. Esa sociedad indolente que acababa por arrojar a un joven prometedor al ejército de la delincuencia, siempre dispuesto a reclutar a aquellos que creen no tener otra opción que violar la ley para ser "alguien" en la vida, aunque el precio sea olvidarse de la familia y del respeto a los semejantes.

El Sapo estaba dispuesto a pagar el precio que fuera por tener una vida llena de lujos, comodidades y, sobre todo, por hacer pagar a la sociedad las injusticias que comete contra los que menos tienen. Su objetivo en ese momento era convertirse en chavo banda, esos que en el barrio son capaces de dar todo por uno, hasta la vida.

Conoció entonces a Juan Carlos Martínez Escárcega, *el Escárcega*, y buscó relacionarse con él. Éste era un hombre de unos 25 años que a simple vista se sabía que los había vivido con rapidez y osadía; impresionaba con su casi 1.80 de estatura y amplia espalda; sus ojos negros penetraban y vencían cualquier mirada que tenía enfrente.

El Escárcega siempre vestía pantalones importados, calzaba diferentes tipos de botas vaqueras que iban desde la de piel de cocodrilo hasta la de piel de iguana; sus camisas o playeras por lo regular eran de manga corta para que dejaran ver los adornos de sus muñecas: un reloj Cartier de oro con incrustaciones de brillantes o escandalosas esclavas de oro que hacían juego con las medallas que pendían de su cuello.

Esta vanidad y ostentosidad venía acompañada de un Crown Victoria color vino, con rines deportivos y equipo de sonido que hacía vibrar los vidrios del auto. Para sentirse protegido, cargaba una pistola conocida como Pietro Beretta confeccionada en Italia, que siempre portaba a la cintura y que exhibía de manera amenazadora cuando había consumido fuertes dosis de cocaína, fumado varios cigarros de marihuana e ingerido considerables cantidades del alcohol.

Todos sabían que *el Escárcega* lideraba una organización que se dedicaba al robo a casa-habitación en zonas residenciales, nóminas, empresas, bancos y hasta haciendas campestres, dado su gusto por las antigüedades, que comerciaba muy bien. Robaba también coches para cometer sus atracos.

Al fin *el Sapo* pudo asociarse con *el Escárcega* y, cuando se ganó su amistad, fue invitado a formar parte de la organización. Así que durante tres meses fue preparado en las artes delictivas de alta escuela que le darían los conocimientos para un trabajo profesional. Las clases eran detalladas y la memoria *el Sapo* registraba cada consejo o advertencia, pues de estas enseñanzas dependería no sólo el éxito de un golpe, sino la vida de quienes lo daban.

—Fíjate bien, cabrón. Por lo regular cada banco está custodiado por dos policías, cada cual con un revólver y sólo uno de ellos con una escopeta, pero muy vieja; además, no tienen radio para avisar a otros policías. Siempre están parados a la entrada principal del banco. Esto es muy fácil y sencillo. Primero, dos personas amagan y desarman a los policías llevándolos al interior, casi al mismo tiempo que un tercero grita que se trata de un asalto. Toda la gente debe permanecer en el piso bocabajo con las manos en la nuca. Mientras tres controlan a la gente, un cuarto ya debe de estar amarrando a los cajeros, sacando el dinero que tengan y colocándolo dentro de una mochila. Cuando la cuarta persona acabe de vaciar las cajas que más pueda, tendrá que salir primero del banco seguida del tercero, quienes abordarán el vehículo que les indique y el cual yo conduciré. Los dos restantes abordarán un segundo vehículo que los estará esperando a las afueras del banco. Este típico asalto no debe durar más de cinco minutos, así que el que se tarde más pues se chinga y lo dejamos a su suerte. Por precaución nunca le digo a nadie en qué casa de seguridad los voy a ver después del asalto para darles su parte. Siempre nos veremos en sitios diferentes.

Las clases incluían ensayos con maniquíes que simulaban policías, cajeros, y en las que se medía el tiempo. También le enseñaban bajo qué condiciones debía "cortar cartucho".

—Nunca falta un güey que se quiera hacer el héroe y te quiera desarmar, muchas veces porque también cuenta con una pistola. Así que para que la gente no piense que traes armas de juguete y te quieran desarmar hay que "cortar cartucho". Al hacer esto se escucha un sonoro cerrojo y hace que la gente sienta más miedo. Pero no siempre se puede hacer. Cuando asaltamos una nómina a plena luz del día lo debemos hacer con la mayor discreción. No hay que llamar la atención. En este caso lo que debemos hacer es portar el arma con tiro en la recámara, o sea, tenerla lista, pues sólo se cuenta con segundos para disparar en caso de que el custodio que lleva la nómina quiera defenderse.

El segundo curso impartido por *el Escárcega* al *Sapo* fue sobre el robo a casa-habitación. Con pose de catedrático que a veces se convertía en la de un motivador profesional, comenzaba su exposición:

—Bien, vamos a empezar. El asalto a casa-habitación puede ser el más fácil y sencillo o puede ser el más difícil y complicado de todos los asaltos habidos y por haber. Todo depende de la mentalidad que lleves, de la seguridad que sientes en ti y del respaldo que sientas de tus compañeros. Primero, nunca se lleva a cabo un asalto sin antes haber investigado cómo. Ése es mi trabajo, para eso soy la cabeza de la organización, yo decidiré cuando llegue el momento de realizarlo. Para ese entonces ya sabré quiénes son los dueños de la casa, cuánta gente vive en ella, cuánta servidumbre tiene, si hay velador o tiene alarmas, qué tipo de armas tienen. Una vez sabido esto entramos en acción, no sin antes estar seguros de que estamos bien sincronizados. Ya dentro de la casa alguien se cerciorará de que nadie nos haya visto entrar. Juntamos a la gente dentro de una habitación, los amordazamos, les vendamos los ojos y les colocamos esposas con las manos hacia atrás. Se les tira al piso con la boca hacia abajo y se les cubre con una sábana o cobija. Una persona permanecerá cuidándolos. Hay que asegurarse de cortar las líneas telefónicas. Yo siempre estaré a media cuadra de la casa cuidándolos y les avisaré por radio si noto algo extraño o si se acerca una patrulla. Quien esté al mando dentro de la casa irá indicando a los otros las cosas de valor que se deben tomar: pinturas costosas, alhajas, estatuillas valiosas, cajas fuertes si son chicas, de lo contrario se abren ahí mismo. ¿Cómo? Es demasiado fácil. Si el dueño no proporciona la combinación, no se debe perder tiempo con amenazarlo, golpearlo o torturarlo. No, no, no, eso ya quedó en el pasado. Las cajas fuertes son solamente láminas soldadas con marcos de acero, por lo que siempre llevarán una maleta con cizallas (máquinas para cortar metales) chicas y un par de barretas de un metro con punta plana de un lado y punta de cuña en el otro extremo, las cuales se utilizarán para abrir. Es muy sencillo, cada uno toma una barreta e introduce la parte plana de la hendidura de la parte alta, y empujan hacia un lado tratando de hacer palanca con la misma barreta, y cuando se entreabra introducen la segunda barreta. Con ambas ejercen fuerza y los pernos de la caja fuerte se botan por dentro. Lo que quiero que quede muy claro es que nosotros no robamos estéreos, computadoras, televisiones. No. Nosotros no robamos para comer, si quisiera para comer me busco una chamba de albañil y me quito de broncas. Nosotros robamos y secuestramos para llevar una vida llena de riquezas. Con dos o tres buenos asaltos al año que nos dejen cada uno entre 10 y 15 millones de pesos, es suficiente. Al igual que los bancos, tenemos poco tiempo, no más de 15 minutos, así que el que se apendeje se queda.

Como parte de su entretenimiento, *el Sapo* tuvo que demostrar ser de sangre fría, que no se "friqueaba", por lo que se inició con algunos asaltos a transeúntes, a negocios y robo de autos a mano armada. Lejos de ponerse nervioso, lo hacía con naturalidad y sin miramientos, como si hubiera nacido para este tipo de actividad. Sentía la adrenalina correr por sus venas y una sensación de aventura que no había experimentado y que su ser reclamaba.

Le gustaba su nuevo estilo de vida y decidió pagar el primer costo: se alejó de su familia para que nunca se viera involucrada en su nueva actividad. A cambio, *el Escárcega* lo adoptaba "como el hermano que nuca tuvo", e incluso le presentó a su familia. Su madre, Ofelia, quien era experta en vender las antigüedades que robaban de las casas y haciendas, y su hermana menor, Sandra.

Esta última era un monumento de mujer. Alta, de ascendencia norteña, con tacones casi alcanzaba 1.80 de estatura; su cuerpo era esbelto y conservaba una candente figura no obstante ser madre de un pequeño; una piel blanca que deslumbraba como perla y que adquiría un tono rosado cuando el sol le daba de lleno; cabello castaño claro con un lacio que caía sobre sus hombros hasta casi alcanzar la mitad de la espalda; su respingada nariz, carnosos labios y barbilla partida completaban esta escultura griega cuya belleza dejaba atónito a cualquiera que la contemplara. El padre de su hijo había perdido la vida en un intercambio de disparos durante un asalto bancario en el Distrito Federal y ahora mantenía una relación con Alejandro Beristáin, que lideraba la organización junto con *el Escárcega*.

Ya sólo faltaba un paso para que *el Sapo* hiciera su debut en la organización: la preparación espiritual por medio de un rito santero. Así que la noche del 28 de abril de 1991 fue citado en casa del *Escárcega* y conducido hasta un cuarto que tenía al fondo el patio de la vivienda.

Al entrar, un escalofrío corrió por su cuerpo, sus piernas perdieron fuerza por un instante, el corazón aceleró el ritmo y se presentó ese vacío en el estómago que lleva del miedo a la ansiedad una y otra vez. Su ropa se impregnaba del olor a incienso y humo de las ceras que se consumían al ritmo del viento.

El cuarto, de unos seis metros de ancho por cinco de largo, estaba casi en penumbras, a no ser por unas delgadas líneas de luz de la calle que alcanzaban a colarse por una ventanilla pegada al techo, a tres metros de altura. Sin embargo, como era de noche, la oscuridad envolvía todo.

Rodeado de floreros de cobre que servían de alojamiento a rosas y claveles de color rojo o blanco, un altar con un triángulo en cuyo centro sobresalía un ojo humano, llamado por los santeros ojo vidente. Como ofrendas, cuchillos y dagas de diferentes tipos. De éstas sobresalía una espada brillante con varios signos grabados.

Para sellar el pacto por medio del cual el nuevo delincuente quedaría de una vez por todas integrado no a una organización delictiva sino a una hermandad, comenzaron la ceremonia. Así, se convertiría en un miembro más dispuesto a dar la vida por sus compañeros a cambio de nada.

Con la luna llena brillando en todo esplendor, en punto de la media noche *el Sapo* se despojó de sus ropas. Mientras *el Escárcega* leía algunos pasajes de la Biblia, Ofelia, su madre, rociaba alrededor del novato una mezcla de alcohol con hierbas, al tiempo que pronunciaba frases incomprensibles para él, seguramente en otro idioma. Luego tomó algunos de los ramos de los floreros y los pasó por su cuerpo, como cuando se aplican las "limpias".

Después vino la peor parte. Entre *el Escárcega* y su madre lo cogieron del antebrazo y con una filosa daga trazaron en la palma de su mano un extraño signo en forma de tres caminos que significaban la fuerza, la unión y la espiritualidad. El dolor era intenso y por un momento perdió la noción del tiempo para luego incorporarse y darse cuenta de que Ofelia formaba varias cruces con aceite que le untaba en diferentes partes de su cuerpo: manos, pies, brazos, piernas, dorso, todo ungido.

Finalmente, Ofelia oprimió la herida en la mano del *Sapo* y la sangre que brotaba era vertida en una copa de cristal que contenía el aceite de la vida o aceite sagrado, un líquido rojizo y espeso con desagradable sabor. El pacto de sangre se había sellado y ahora ya formaba parte de la temida organización *Los Lobos Rojos*. Su sueño era realidad.

Como parte de la hermandad, *el Escárcega* lo llevó a conocer algunas casas de seguridad en Puebla, en el Distrito Federal y en el Estado de México en las que se citaban después de sus asaltos. En especial recuerda una de ellas en esta última entidad, en la cual *el Escárcega* le mostró el lugar donde depositaban las ganancias. Se trataba de una amplia cisterna de tres metros de largo, tres de ancho y dos de altura con capacidad para 18 000 litros de agua.

"Ahí están las ganancias", dijo el jefe señalando con el dedo índice hacia el fondo de la cisterna. "¿Dónde?", preguntó *el Sapo*, el sólo veía agua. En seguida, *el Escárcega* accionó una bomba de motor para vaciar el agua en un par de tinacos Rotoplas. Una hora después, el líquido había cambiado de lugar. Entraron a la cisterna colocando una escalera metálica y en el fondo levantaron una pequeña compuerta. Sus ojos brillaron al ver cuadros, estatuillas, alhajas, centenarios y una caja fuerte que guardaba cantidades incuantificables de billetes en dólares y pesos. Era más de lo que un hombre puede gastar en toda su vida, pensó *el Sapo*.

Con el tiempo fue conociendo a otros miembros de *Los Lobos Rojos*: Alejandro Beristáin, que también lideraba la banda; un militar adscrito al quinto regimiento de artillería en San Juan Teotihuacán, quien se encargaba de la seguridad de Ofelia y Sandra, así como de proporcionar armas AR-15, escopetas y hasta granadas de fragmentación.

Entre los primeros asaltos a casa-habitación en que participó, está aquel en el que entraron en la residencia de un judío de Morelia, Michoacán, socio de la conocida organización Ramírez que poseía una cadena de cines. Este hombre era famoso por tener una colección de relojes marca Rolex de oro con incrustaciones de diamante, tipo ferrocarrilero, es decir, aquellos de bolsillo que pendían de una cadena. Sabían que se pagaba buen precio por ellos, incluso en el mercado negro.

Estando ahí sustrajeron algunos Picasso con marcos de oro, estatuillas de marfil, joyas y unas cajas de habanos para festejar, pues en este asalto *el Escárcega* rompió su propio récord al contabilizar un botín de cerca de 20 millones de pesos.

Sus golpes siempre eran cuantiosos y para ello el jefe y su madre habían instalado una empresa de alquiler de servidumbre con sucursales en las capitales de Michoacán, Querétaro, Puebla y en la colonia del Valle en el Distrito Federal. Las mucamas, generalmente de agradable aspecto físico, eran las que les proporcionaban la información requerida a cambio de un mínimo porcentaje de lo robado.

Pero, sin duda, el golpe más espectacular que dieron fue el de la hacienda Las Mendocinas, en el estado de Puebla. Luego de entrar a robar a la hacienda de Pedro Devlyn Jr. (dueño de las ópticas Devlyn), por el camino que va a San Martín Texmelucan, *Los Lobos Rojos* siguieron buscando otras. Un día preguntaron a un campesino si conocía alguna.

—Aquí adelante está la del patrón.

—¿Cuál patrón?

—El presidente.

—¿El presidente municipal?

—No. El presidente de México, don Carlos Salinas.

Las seis personas que realizarían el golpe buscaron la hacienda de Las Mendocinas por horas hasta que la encontraron detrás de cadenas de pinos de más de 15 metros de altura. Durante dos semanas, alimentándose de galletas y refrescos, estuvieron estudiando los movimientos de los vigilantes, muchos de ellos militares.

Cuando ya tuvieron la suficiente información regresaron a la ciudad de México a robar un par de camionetas de tres y media toneladas, pues el botín se antojaba cuantioso. Llegaron hasta el punto más vulnerable, por donde parecía muy difícil entrar, pero con un árbol que yacía en el suelo formaron una especie de puente para librar la malla electrificada.

Una vez dentro ya no había mucha vigilancia; sin embargo, no pudieron entrar a muchas salas. Pero con las que tuvieron acceso fue suficiente, aunque no fueron necesarias las dos camionetas. Valió la pena el esfuerzo. Cabezas de animales disecados, sillas de montar, algunos ornamentos de oro sustraídos de las capillas, un casco y una espada de oro de San Miguel Árcangel.

Al ver las amplias caballerizas, el lago artificial, el gimnasio, los amplios salones de trofeos o de juegos, el comedor, las canchas de tenis o de futbol, pistas para avionetas, helipuerto y las capillas con tantos objetos valiosos, pensaban: "Aquí está la lana de todos los mexicanos", y basados en su filosofía se decían: "Lo que hay en México es de los mexicanos, así que sólo hay que tomarlo".

PRIMER TROPIEZO

Las cosas marchaban bien para *el Sapo* hasta que le tocó participar en el secuestro de un empresario de Puebla, por el cual pidieron un rescate de cinco millones de pesos.

Todo comenzó a complicarse después de cobrar el rescate y emprender la huida. Un tráiler volcó en la carretera Toluca-Maravatío justo después de que Alejandro Beristáin, Óscar Patiño y Sergio Zárate pasaron dejando en el camino al *Sapo* y a Artemio Díaz, quienes llevaban el dinero del rescate. Al no poder seguir circulando, pasaron a pie al otro lado del accidente y despojaron a una persona de su vehículo; sin embargo, para su mala fortuna, algunos policías de caminos se percataron del asalto y empezó una persecución que se prolongó 20 minutos.

El grupo pretendía llegar hasta alguna casa de seguridad, pero la policía de caminos estaba a punto de darles alcance, por lo que Alejandro Beristáin decidió que *el Sapo* y Artemio cruzaran el vehículo en el que iban para entretener a los federales de caminos y dejar que los demás huyeran con el dinero en su poder.

—Entreténganlos y luego los sacamos del "tambo", les decían por radio.

Así lo hicieron, y Alejandro Beristáin y *el Escárcega*, que ya se había integrado al grupo, lograron huir, aunque heridos de bala. Como era de esperarse, los otros dos individuos cayeron en manos de policías de caminos, que los llevaron hasta las instalaciones de la Policía Judicial Federal de la ciudad de Toluca, Estado de México.

Ambos fueron torturados por los judiciales, que les querían sacar más información sobre las personas que habían huido. A pesar de la golpiza que les propinaron se mantuvieron en silencio. Por el momento, sólo podían ser acusados de robo de auto con violencia, disparo de arma de fuego en grado de tentativa de homicidio, portación de arma de uso exclusivo del Ejército y resistencia al arresto.

Con moretones por todo el cuerpo por fin tuvieron oportunidad de hacer una llamada, que utilizaron para hablar con un abogado que trabajaba para la organización.

—Por el momento no podemos hacer mucho ruido, pero no se preocupen, muchachos, ya que no están acusados de secuestro. El que se llama Artemio mañana será trasladado al Centro de Readaptación Social de Toluca y será más difícil sacarlo, y el otro, por ser menor de edad, será llevado al Consejo Tutelar de Menores en el Distrito Federal.

"Pero pongan atención. Se van a reservar su derecho a declarar y sólo dirán lo siguiente: Artemio, di que desconoces el motivo por el cual estás aquí, que incluso tú fuiste despojado de tu vehículo por dos sujetos armados en el momento en que se llevaba a cabo una balacera y presentaremos testigos que apoyen tu dicho y que además fuiste torturado para que te declararas culpable de ser miembro de una banda de roba autos. Tú, Joaquín, como eres menor de edad, no se te va procesar o sentenciar y solamente se te interna como menor infractor. Acepta los cargos, pero no digas quiénes son los demás miembros de la banda, haz lo que te digo y pronto ya verás que te sacamos."

Tal como se esperaba, Artemio fue llevado al Centro de Readaptación Social de Toluca y Joaquín al Consejo Tutelar en la calle Obrero Mundial en el Distrito Federal; esposado de las manos y con la cabeza inclinada, fue custodiado por cuatro sujetos hasta su nueva morada.

Al llegar, fue conducido por un corredor hacia el interior del centro de reclusión para menores. Cuando estuvo en la aduana se desvistió en presencia de un médico que revisó las marcas de los golpes que le propinaron los policías federales, cuyos finos métodos de tortura para obtener información han cobrado fama mundial.

Luego fue encaminado hasta un almacén de ropa donde sus tenis Nike de aire, su pantalón de mezclilla Levi's de importación, su chamarra de piel de ternera y su camisa Calvin Klein fueron cambiados por una camisola azul cielo de manta, un pantalón imitación mezclilla azul marino y un par de botas de minero negras con las iniciales SG (Secretaría de Gobernación); además, le proporcionaron ropa interior, un juego de sábanas, una cobija de algodón y colchón individual de hule espuma.

Durante el trayecto al dormitorio "F", atravesó junto con el custodio por el pasillo donde los otros internos le daban la bienvenida: "Llegó carne nueva", "Vas a gritar de placer", "Vas a ser mi mujercita". En ese instante su arrojo se desvaneció hasta no quedar nada de él. Las frases que le decían, el ambiente desolador del lugar, los constantes empujones del custodio y el despojo de sus ropas, lo dejaron ensimismado por un momento. En seguida, un par de lágrimas se escaparon de sus ojos.

A su mente llegaron recuerdos de juegos de infancia en su natal San Juan del Río, de tiempos en los que vivía feliz con toda su familia, de la diversión con sus hermanos, las excelentes calificaciones escolares y también de cuando compartía con su madre las penurias, pero con la firme convicción de salir adelante.

Quería regresar el tiempo, corregir sus errores. Tener otra oportunidad en la vida. Deseaba no haber conocido al *Escárcega* ni Alejandro Beristáin... pero era demasiado tarde. Ahora tendría que enfrentar las consecuencias de su conducta delictiva.

Un nuevo empujón del custodio lo despertó de su pesadilla en vida. Afuera del dormitorio "F" observó un pasillo largo que al fondo, al lado izquierdo, daba a la zona de baños, a la derecha, a las regaderas, y en el centro a una zona con lavamanos. El custodio abrió la reja de gruesos barrotes. Al entrar miró a cerca de 50 compañeros, todos ellos con corte de pelo tipo militar y usando el atuendo oficial. Caminó entre todos ellos para ocupar una losa de cemento al fondo del dormitorio. Ésa sería su cama por el momento, porque semanas después, en septiembre de ese año, sería trasladado a la correccional para menores ubicada en la calle San Fernando de la delegación Tlalpan, al sur del Distrito Federal.

Su llegada, de noche, no le permitió observar bien el lugar por fuera y tan sólo alcanzó a ver las imponentes bardas que se alzaban muy, pero muy por encima de sus sueños de libertad. Una vez dentro, fue conducido hasta la oficina del director, Arturo López, en la planta alta del acceso principal, quien luego de darle una serie de indicaciones y advertencias, pidió al jefe de custodios, el comandante Carmona, que lo ingresara a la cuarta sección del primer patio.

Tal sección se destinaba a los infractores con acusaciones similares a las que pesaban sobre él. Ahí estaba esperándole una de las 30 literas de concreto y armazón de acero. Al fondo de la sección, cinco letrinas, que alguna vez fueron blancas, desprendían un hediondo aroma al que él nunca se llegó a acostumbrar. Un enorme mingitorio u orinal también despedía nauseabundos olores.

Ocupó su lugar en una de las pocas camas de piedra que quedaban vacías. Nadie le dirigía la palabra. Aun entre gente que como él había delinquido, era considerado un extraño. Esta actitud de sus compañeros de celda hacía más pesada su estancia, por lo que la idea de fugarse de ese lugar estuvo presente en su mente desde el primer momento.

En tanto llegaba el día idóneo para escapar, echó mano de su arrojo y, a fuerza de golpes, se fue ganando un lugar en el centro de reclusión hasta convertirse en uno de los principales líderes. De esta manera, también llegó a conocer lo más selecto de este lugar: Mario Ruiz Suárez, *el Galeanita*, hijo del famoso asaltabancos Jorge Ríos Galeana, *el Galeana*; Guillermo Esparza Suárez, *el Esparza*, que a pesar de su corta edad se dedicaba al robo de transportes en la delegación Iztapalapa, al oriente del Distrito Federal, y que había sido internado por el homicidio de dos policías; Octavio Espinoza Maya, *el Maya*, integrante de la banda del *Rey Midas*, que se dedicaba al robo de relojes finos, y otras "ilustres personas" con semejantes currículos.

Con ellos y otros espontáneos se planeó la fuga. Lo primero que lograron fue convencer a un custodio de dejarlos introducir algunas armas. No fue difícil, pues con un millón de pesos se pudo arreglar el asunto. Así, el 27 de enero de 1993, cuando ya se había cumplido su mayoría de edad, esperaron a que terminara su hora de visita para "empezar la fiesta".

Con las armas que tenían, lograron amagar a 10 custodios en la zona de apando (celdas de castigo). Los amordazaron con sus propias ropas y lograron llegar hasta la zona de aduana, lugar en el que las cosas se les complicaron porque, al verlos, los vigilantes en turno los recibieron a tiros. El tiroteo se generalizó y en el enfrentamiento cayó muerto *el Esparza*.

Cada quien salió como pudo del lugar y corrió por su cuenta. De hecho, fue la última vez que vio a muchos de sus compañeros de celda. *El Sapo* corrió con dirección a lo que era el cine Tlalpan, hasta llegar a la zona de hospitales, en donde robó una motocicleta. Cuál sería su sorpresa al ver que muy cerca lo seguía la policía en una camioneta Suburban. Circulando en sentido contrario y por arriba de las banquetas logró evadir a sus persecutores y pudo llegar hasta la discoteca propiedad de Alejandro Beristáin, en avenida Canal de Miramontes, en la delegación Coyoacán. Se decía que la disco se utilizaba para lavar dinero producto del narcotráfico.

Cunado Alejandro lo vio, lo recibió con un efusivo abrazo y de inmediato lo llevó a su casa en el interior de la cajuela de su coche "para seguridad de todos". El recorrido duró tan sólo 10 minutos, pero a él le pareció una eternidad, un tanto por el temor de ser reaprehendido y otro por la sensación de asfixia por ir encerrado en un diminuto espacio.

Ya en casa de Alejandro, éste lo puso al tanto de lo que había pasado con *Los Lobos Rojos*, tras haber pasado un año de su detención.

—No sé cómo decírtelo, cabrón, pero te tengo malas noticias. Yo ya no trabajo para *el Escárcega*. Ese hijo de la chingada se corrompió a tal grado que mató al Sergio y al Óscar después de que te detuvieron para quedarse con la mayor parte de ese rescate. ¿Te acuerdas? Bueno, yo te considero como parte de mi gente. Ahora estoy bien conectado con unos narcotraficantes y tengo muchos planes, que pienso compartir contigo.

Lejos de recordar lo mal que se había sentido al llegar a los dos centros de reclusión que pisó, los ojos del *Sapo* se llenaron de vida al escuchar esas palabras. Esta vez será diferente, pensaba mientras se imaginaba en su nueva etapa… como narcotraficante.

CAPÍTULO 3

El cártel del Centro
Prometedor futuro

Luego de fugarse de la correccional para menores de Tlalpan, *el Sapo* se escondió durante un mes en la casa de Alejandro Beristáin. Durante esos días, además de drogarse y emborracharse, se daba tiempo para meditar sobre lo que había ocurrido con *Los Lobos Rojos*. Se preguntaba cómo la ambición puede llegar a perder a una persona. "Eso pasa con cualquier vulgar ladrón, pero no con alguien que ha hecho pactos de sangre", se decía, pues no aceptaba que alguien pudiera matar a los mismos miembros de "la hermandad, ¡la her-man-dad!, no cualquier banda de mugrosos".

Por un tiempo siguió pensando en que era necesario saber la verdad sobre lo que pasó con *el Escárcega*, pero fácilmente se disipaban sus dudas cuando estaba bajo los efectos de la droga, el alcohol y en compañía de atractivas mujeres coreanas, francesas, estadounidenses o brasileñas, las mismas que Alejandro Beristáin manejaba en una agencia de citas que tenía como clientes a altos ejecutivos.

En fin, era tiempo de dejar atrás el pasado y pensar en su prometedor futuro. Y no exageraba en cuanto a sus expectativas, pues su nuevo jefe le confió que pertenecía a una organización que no se comparaba en nada con *Los Lobos Rojos*: las ganancias eran más rápidas y mayores. Eso sí, a nadie se le daba una segunda oportunidad. "Si fallas, te mueres", le advertía. También le anticipó que en su nueva actividad tendría que matar a mucha gente.

—¿Cuánta?

—No lo sé. La necesaria. Pero yo estoy dando la cara por ti, así que no me falles. Sólo date cuenta de que no cualquier persona entra a una organización como ésta. Muchos con sólo acercarse a pedir trabajo como gatilleros amanecen muertos o nunca más los vuelves a ver. Así que para que te vayas ganando la confianza de mi jefe, a partir del próximo mes vas a empezar a trabajar como sicario, y te lo repito, no me vayas a fallar. Recuerda que a mí no me tienes que demostrar nada. Te conozco de sobra y lo que me interesa es que mi jefe se convenza de que eres de confianza y de que sirves para el trabajo.

El Sapo esperó con ansia la oportunidad para demostrar de lo que era capaz. En los primeros días de marzo de 1993 empezó a realizar trabajos para lo que entonces supo que se llamaba el cártel del Centro. Su tarea consistía en golpear y ejecutar, junto con otros sicarios, a "enemigos" del cártel, actividad por la cual le pagaban 50 000 pesos semanales. Los trabajos "especiales" eran pagados aparte, con cantidades que iban de los 10 000 a los 300 000 pesos.

Aunque el trabajo parecía cotidiano, hubo algunos que dejaron una huella imborrable en su memoria, como el que realizó una tarde de abril de aquel 1993 y que aún tiene presente como si lo hubiera hecho ayer:

Recuerdo ese día domingo cuando llegamos a la plaza de un pequeño pueblo en Michoacán. Había un pintoresco quiosco rodeado de frondosos árboles, bancas y un par de fuentes que servían de escenario para el cortejo romántico de las parejas de enamorados que caminaban apaciblemente, ya fueran tomados de la mano o la mujer tomada del brazo de su amado.

Algunos se acercaban a comprar un paquete de palomitas con sal y limón o bien al puesto de una señora que, con un pedazo de cartón, atizaba el fuego para que sus elotes estuvieran aún más tiernos y sus esquites con epazote bien calientitos. Quienes gustaban de algo dulce se dirigían a los puestos de algodones o pastelitos. Por un instante este marco pueblerino, en el que no podía faltar el canto de los pájaros que revoloteaban por doquier, me hizo olvidar el objetivo.

Junto con *el Toñote* y *el Samuel* dimos unas vueltas a bordo de nuestra Suburban negra sin perder de vista la iglesia. Pronto detectamos el arribo de una camioneta Toro cuatro por cuatro color rojo, de la cual bajaron una pareja con un bebé y un pequeño de aproximadamente cinco años. Los padres, vestidos con pantalón de mezclilla, camisa a cuadros y botas vaqueras, caminaron junto con sus pequeños a la iglesia que, con sus campanadas, daba la tercera llamada a misa.

El Toñote desenfundó su celular y marcó un número. Cuando le contestaron dijo: "Ya empezó el asunto, patrón. Llegaron sólo con los niños. Voy a esperar que salgan de misa". Cuando escuchamos el repicar de las campanas, nos dimos cuenta de que estaban por salir. Un sentimiento extraño se apoderó de mí cuando vi a la pareja escoger un elote tierno y al niño brincar para alcanzar un abultado algodón color rosa. Era como si me compadeciera de ellos, sin saber que en unos minutos más en verdad lo haría.

Abordaron su camioneta Toro y se dirigieron a las afueras del pueblo. Nosotros los seguimos hasta donde tomaron una brecha, el camino a su hogar, un camino que nadie concluiría porque a la mitad del trayecto dos vehículos más les cerraron el paso, formando una especie de triángulo para imposibilitar su huida. Sólo faltaba cerrar la parte trasera y para eso *el Toñote* puso atrás la Suburban.

Todos bajamos con rapidez y nos paramos frente a la familia armados con ametralladoras AK-47 y pistolas de alto calibre. Para nuestra sorpresa los tripulantes se opusieron a descender del vehículo, por lo que una lluvia de balas se estrelló en las ventanillas blindadas de la camioneta Toro, que no resistieron por mucho tiempo. Cuando por fin los vidrios sucumbieron al torrente de proyectiles, bajamos a la familia entera en medio de aterradores llantos de la mujer y los niños, sobre todo del bebé. Lloraban como si supieran lo que les iba a suceder: algo que era peor que la misma muerte.

De repente vimos que de uno de los vehículos bajó una persona de aproximadamente 45 años de edad. Un fornido tipo de casi dos metros de estatura que cubría su gigante humanidad con una larga gabardina de piel de cocodrilo color cobrizo, que hacía juego con sus botas del mismo material.

El tipo caminó hasta la pareja que ya de rodillas lo esperaba. Se paró firmemente frente a ellos, fumó de su habano y luego de arrojar el humo a la cara del señor —de quien desconocía su nombre— le dijo con voz ronca, que a la vez delataba un acento semejante a los de algunas regiones centroamericanas: "Ya te había advertido *el Escárcega*, pero no le hiciste caso, te importó muy poco, así que te va a cargar. Te dije que no tenías que meterte con la gente de Gavira, hijo de puta. Ahora por tu culpa tengo problemas con la gente del Golfo. Espero que tomándote de ejemplo los demás entiendan".

Dicho lo anterior, el sujeto de la gabardina le pidió al *Toñote* el bebé que cargaba. Cuando tuvo entre sus manos a esa tierna criatura de apenas unos meses de nacido, lo colocó boca abajo sosteniéndolo de un pie y con lo que restaba de su habano quemó el rostro de su indefensa víctima en varias ocasiones.

Los gritos desgarradores de los padres y del otro niño se mezclaron con los sonoros llantos de dolor del bebé. Entraron por mis oídos y recorrieron todo mi ser. A pesar de haber visto y participado en otras ejecuciones, no podía aceptar lo que observaba. Una, otra y otra quemada siguieron a la primera sin que se diera cuenta en qué momento el pequeñito ya había perdido la vida, seguramente a causa del intenso dolor que provocó el puro incandescente en su frágil rostro.

El padre suplicaba a gritos y con lágrimas en los ojos que ya no le hicieran daño a su familia, que él era el único responsable y que si los iba a matar a todos lo hicieran sin más torturas. Sin embargo, lejos de hacerle caso, el sujeto alzó al bebé en todo lo alto y le disparó dos balazos en su desfigurada cara, que ocasionaron una expansión de sesos y tejidos óseos que mancharon su ropita, para luego arrojar el cuerpo a tres metros de distancia, donde unos perros se acercaron a olfatear lo que creyeron alimento… Después pidió su arma al *Toñote* y disparó a las piernas de los padres, quienes sangraban sin cesar, hasta que la mujer perdió el conocimiento, quizá por la impresión, y eso fue lo mejor que le pudo haber pasado.

Era apenas el principio de este dantesco espectáculo que por momentos mis ojos se negaban a seguir observando, sin embargo, lo aguantaba por el temor que me causaba el que me vieran acobardándome. En seguida, el hombre de la gabardina pidió a uno de los hombres que le trajeran un machete. Una vez que se lo dieron, tomó al menor de aproximadamente cinco años por el brazo y sin miramiento alguno se lo cercenó; lo mismo hizo con el otro bracito, luego las piernas y finalmente tomó vuelo hacia atrás para dar certero machetazo a la cabeza que en un instante se desprendió de lo que restaba de su cuerpo.

Tampoco me di cuenta si el pequeño estaba vivo antes de perder la cabeza, porque para ese momento yo buscaba con ansiedad dirigir mi mirada hacia otras partes y mis oídos se negaban a escuchar lamentos. Faltaba todavía. El sanguinario hombre fue hacia la mujer, a la que arrastró hacia un árbol del cual la sujetó. En ese momento la mujer recobró el conocimiento para su mala fortuna, porque tuvo que presenciar cuando fue rociada con gasolina y llena de terror vio cómo una franela en llamas volaba hasta caer sobre su cuerpo, que en segundos ardió al rojo vivo.

El tipo, que hasta ese momento supe que le decían Zavaleta, siguió suplicando su muerte. Por fin se dio la orden de llevarlo al frente de su camioneta. Se nos formó a todos los gatilleros y se indicó que se disparara sobre él toda nuestra carga. "Es así como cobramos las traiciones a la organización, Zavaleta. Tú lo sabías y te arriesgaste: ahí está tu castigo."

"¿Qué tipo de castigo era éste?", me preguntaba y también pensaba: ¿acaso ése es el precio del que me hablaba Alejandro Beristáin que tenía que pagar por pertenecer a la organización? Sabía que tenía que matar, pero ¿de esta forma?

Nos retiramos del lugar dejando tras de nosotros cuerpos en llamas, al igual que la camioneta Toro. La columna de fuego y humo se iba quedando en el camino de brecha donde una familia entera encontró su tumba, aun los dos pequeños quienes, pensaba, ¿qué tenían que ver en esto?

La anterior fue, sin duda, la más aterradora ejecución en que *el Sapo* haya participado; pero hubo otras que el tiempo no ha borrado tampoco de su memoria y aún pesan en sus recuerdos, como aquella en que fueron en busca de un gatillero, ex integrante de la organización.

Después de buscar durante un tiempo al *Kalimán*, un gatillero del cártel del Centro, logramos dar con el domicilio de su madre en el municipio del Oro, en el Estado de México. Ese día llegamos muy temprano a bordo de una camioneta Ram Charger con placas de estado de Michoacán. Ese día fueron *el Texano*, nativo de Sonorita; *el Michigan*, de Ciudad Hidalgo, Michoacán, y *el Yepes*, oriundo de Guerrero Negro, Nayarit.

Estacionados a unos metros de la casa observamos que la habitaban cuatro personas: una anciana de quizás más de 60 años, que caminaba apoyada en una andadera para adulto, la madre del *Kalimán*; una mujer de aproximadamente 30 años y cuyo rostro tenía parecido con el del sujeto, y un niño de unos ocho años que entraba y salía de la casa con su balón de futbol.

Entrada la tarde llegó a este lugar la cuarta persona, a bordo de un Ford Mustang blanco. Tocó con insistencia el claxon para que le abrieran. Cuando anocheció por completo, llegó a este lugar una camioneta Bronco negra con vidrios polarizados. Era *el Kalimán*, un tipo medio alto y obeso, con cierto parecido con el personaje del cuento del mismo nombre. Él trabajó como escolta de Alejandro Beristáin y ahora era buscado por huir de la organización del cártel del Centro, llevándose consigo el dinero de la venta de media tonelada de cocaína junto con otros dos gatilleros, que ya habían sido ejecutados.

Nos acercamos a la puerta. Tocamos, y cuando la mujer joven abrió confiadamente, de inmediato la empujamos para entrar. Prácticamente pasamos sobre ella para ir tras *el Kalimán*, quien al vernos alcanzó a tomar un arma y se ocultó en la cocina, desde donde nos recibió a tiros.

En cuestión de segundos nosotros teníamos como escudo a la supuesta hermana, a la anciana y al otro sujeto. Y *el Yepes* amenazó: "*Kalimán*, ya sabes a lo que venimos, tú sabes que la regaste, no hagas el asunto más grande". Como respuesta, una nueva ráfaga de proyectiles obligó a que todos nos arrojáramos al piso para protegernos.

El Yepes volvió a amenazar: si no salía, sus familiares iban a pagar con su vida. Yo pensé que sólo estaba alardeando, pero no era así: "Voy a contar hasta tres y si no sales los mato. Unooo, doooos, tres". Nadie salió, así que el cuerno de chivo del *Yepes* vomitó fuego sobre los cuerpos de la anciana y la otra mujer. Fue entonces cuando salió *el Kalimán* gritando: "¡No, hijo de puta!, ¡te voy a matar!"

Un nuevo tiroteo cubrió de humo la casa y nos ensordeció a todos. *El Yepes*, *el Texano* y yo hicimos blanco en *el Kalimán*, que cayó lleno de agujeros.

Luego de darnos cuenta de que en la balacera perdió la vida *el Michigan*, *el Yepes* se acercó al cuerpo del hombre que parecía una coladera, y le dio el tiro de gracia. Como no podíamos dejar testigos, tuvimos que matar al otro sujeto que al parecer era el cuñado, y al pequeño. Recogimos un maletín que encontramos repleto de billetes de 1 000 dólares y nos retiramos.

Seguí trabajando como sicario del cártel del Centro. Cuando lograba ver a Alejandro Beristáin le preguntaba por qué el cártel ejecutaba de manera tan sanguinaria. "Ya no jugamos a matar gente por gusto o por capricho. La organización, por ser un brazo del cártel de Durango, debe ganarse el respeto de los demás cárteles que le rodean, siendo algunos de éstos el propio cártel de los Arellano Félix. Ellos tienen muchos familiares en el centro del país y para no perder territorio hay que realizar algunas ejecuciones ejemplares. Y cuando se trata de nuestra misma gente, acuérdate que te dije que aquí no había segundas oportunidades. Si fallas una vez, se acabó."

A mediados del mes de julio, *el Sapo* ya se había ganado la confianza de mucha gente, así que pudo asistir al cumpleaños de quien le dijeron era el jefe del cártel del Centro, alguien llamado Romeo, con apariencia anglosajona. La fiesta se celebró en la Hacienda de Xola, en el estado de Hidalgo.

El Sapo acudió como escolta de Enrique Villaseñor Oldaña, un español muy mal hablado, quien supo era el encargado del cártel del Centro, de controlar el paso de la cocaína por el estado de Hidalgo hacia Tampico Madero, Tamaulipas, para después llevarla a la frontera con Estados Unidos. Droga que se decía era transportada desde las costas del Pacífico —Michoacán y Oaxaca— hasta la capital del país y de ahí al norte.

En la fiesta conoció de cerca la ostentosidad del narco. A la hacienda, vigilada por numerosos gatilleros distribuidos por todos los rincones y accesos, llegaban limusinas, autos deportivos y vistosas camionetas que transportaban a los invitados y sus hermosas acompañantes; cada uno con por lo menos media docena de escoltas. Adentro eran servidos exquisitos manjares mientras las botellas de coñac, whisky y otras costosas bebidas se iban vaciando con rapidez.

Pronto hizo su parición Romeo, quien vestido de negro bajó de su limusina acompañado de Yessica, su joven y hermosa esposa. Un monumento de mujer: ojos claros, cabello castaño, rasgos estilizados, cuerpo escultural y un porte que atraía las miradas de hombres y mujeres por igual.

Tan pronto se ubicaron en el centro del escenario, los invitados se pusieron de pie, aplaudieron como focas su llegada, al tiempo que un mariachi de 24 integrantes, elegantemente ataviados con su traje de charro adornado con botonaduras de plata y oro, entonó las clásicas "Mañanitas tapatías". Violines, arpa, trompetas, guitarra y guitarrones tocaban melodías al gusto del festejado. Una voz de lujo se sumaría a este concierto: el famoso cantante de música vernácula Antonio Aguilar apareció para interpretar sus éxitos.

La fiesta se prolongó hasta la mañana siguiente, pues diversos grupos musicales, entre ellos Los Tigres del Norte, cuyos narcocorridos eran festejados por todos, fueron el deleite de los asistentes.

Un mes después, a finales de agosto, Alejandro Beristáin convenció a su jefe, Romeo, de darle otras responsabilidades al *Sapo*, para que mejorara sus ingresos y no arriesgara tanto su vida. El cabecilla del cártel del Centro aceptó y el hombre fue llevado a una fábrica de salas en Morelia, Michoacán, donde ganaría el triple de sueldo, empaquetando cocaína.

Era un trabajo fácil. Junto con otras 20 personas recibían cerca de dos toneladas y media de cocaína al mes que, sabían, procedía de Colombia y se arrojaba cerca de las costas de Guerrero, ya fuera desde un barco o desde un avión, para posteriormente ser recogida por lancheros bajo las órdenes del cártel de Durango.

La droga llegaba a Morelia en una especie de tabiques que pesaban unos cinco kilos. Era llevada a un molino para luego elaborar paquetes de a kilo en unos rectángulos que los trabajadores llamaban *egapack*. En seguida se envolvían en cinta canela, se les rociaba desodorante para ocultar el rastro a los perros de la policía en los retenes y se ocultaba en el respaldo y costados de los sillones. En la parte de los asientos no se ocultaba, porque los resortes a veces rompían los empaques. Cada sillón ocultaba unos 20 kilos de cocaína. Todo esto les tomaba de tres a cuatro días.

La mercancía se llevaba en los tráileres de una familia que se sabía era socia de la organización Ramírez. Ellos transportaban los muebles hacia diferentes puntos del norte del país. Sólo en una ocasión *el Sapo* conoció alguna de las rutas. Esa vez partió de la fábrica de salas con destino a Tulancingo, Hidalgo.

Era un viernes 15 de octubre de 1993. Abordé una Suburban donde viajaba un sujeto al que le llamaban *el Billy* y otros cuatro gatilleros, dos de los cuales resultaron ser agentes de la Policía Judicial Federal. Éstos se cambiaron a su propio vehículo, una camioneta *pick-up*. Salimos por la avenida Insurgentes de la ciudad de Morelia, Michoacán, hasta que llegamos a la explanada de la Feria de Morelia. Ahí nos esperaba un tráiler que escoltamos hasta nuestro destino.

Recorrimos una ruta libre de retenes. Pasamos por Maravatío, Ixtlahuaca, Cuatitlán Izcalli y Zumpango, donde la camioneta en que viajaban los agentes federales fue relevada por una patrulla de la Policía Federal de Caminos, que nos escoltó sin percances hasta las afueras de Tulancingo, Hidalgo. Al llegar a una bodega, nos estaba esperando Villaseñor, quien dispuso la cantidad que sería enviada a Estados Unidos y la que se comercializaría en el Distrito Federal, Querétaro, Puebla, Tlaxcala y el Estado de México.

La venta de las dos toneladas y media de cocaína, me platicaba Alejandro, representaba para el cártel ganancias de 200 millones de pesos al mes. De éstos, Romeo lavaba unos 30 millones a través de la compra de bienes raíces en varios estados de la República, además de poseer hoteles, restaurantes y bares en el Distrito Federal. Por su parte, Alejandro Beristáin se encargaba de lavar el dinero del cártel del Centro en algunas joyerías de prestigio que también pertenecían a Romeo y a su esposa. Otras cantidades eran enviadas a Guerrero, donde la gente del cártel de Durango se encargaba.

SEGUNDO TROPIEZO

El Sapo continuó trabajando para el cártel del Centro hasta enero de 1994, cuando al regresar en un vuelo procedente de Tijuana, Baja California, fue detenido en el Aeropuerto Internacional de la Ciudad de México: al llegar, caminó por el túnel que lleva del interior del avión a la sala de última espera. Compró un boleto de taxi y salió de las instalaciones para abordar el que le correspondía.

Cuando apenas lo había hecho, fue rodeado por cuatro sujetos que se identificaron como agentes de la Policía Judicial capitalina y le mostraron una orden de aprehensión en su contra.

Lo subieron a la patrulla judicial y lo condujeron hasta las instalaciones del Reclusorio Norte, bajo los cargos de "evasión de presos y lo que resulte". Una vez dentro del penal se comunicó con el licenciado Camacho, quien intentó liberarlo, pero los judiciales no aceptaron el ofrecimiento de medio millón de pesos por soltarlo, pues su internamiento en el Reclusorio Norte "ya estaba empapelado", así que pidió paciencia para sacarlo y se fue con el dinero que portaba al momento de su detención: 10 000 dólares estadounidenses y 30 000 pesos mexicanos.

Otra vez llegaba a un centro de reclusión; otra vez era despojado de sus costosas pertenencias, y otra vez era maltratado por los custodios como bienvenida. Un golpe con tolete en la espalda para que se despojara rápido de su ropa, otro golpe con tolete en el estómago cuando terminó de desvestirse y cuyo dolor lo dobló e hizo ponerse de rodillas. Al final, un jalón de cabellos para que se levantara y pusiera atención en un letrero con la leyenda: "Lo único que sobra en este lugar son los huevos".

Lo condujeron por un amplio corredor a la zona de ingresos, donde fue llenada su bitácora, y luego a su celda.

A las cuatro de la mañana del siguiente día, un custodio abrió la puerta de su celda y le ordenó salir de inmediato. Lo llevaron al patio de ingreso, donde se fueron incorporando otros custodios hasta sumar 30 personas. Pronto llegó el jefe de reclusorios, a quien uno de sus subalternos le indicaba el nombre y el alias de cada uno, así como el motivo de su detención.

El recibimiento oficial consistió en propinarles tres toletazos en las nalgas y una bofetada por parte del jefe de custodios, quien se dirigió a sus nuevos huéspedes:

—Aquí nadie viene a buscar broncas, cabrones. Ya están aquí y hay que saber perder. La ley es ver, oír y callar, porque a las borregas les va muy mal.

"Cuando andaban robando afuera se gastaron su dinero en lo que quisieron, pero ¿qué creen? Aquí también hay que entrarle. El que no quiera hacer fajina (aseo de las instalaciones), da 500 pesos por turno, y como son tres turnos son 1 500 pesos, así que antes de que se embarquen les voy a dar chance de que llamen a sus familiares para que les traigan dinero. Una cosa sí les advierto: lo que hablan con la boca lo sostienen con el culo, y yo ya estoy cansado de culos hediondos, así que ya saben a lo que le tiran, cabrones."

Mientras los demás internos se retiraban, el jefe de custodios se acercó al *Sapo*, a quien miró fijamente, y le dio un puñetazo en el rostro que lo mandó al suelo. Dos guardias lo levantaron de los cabellos y lo llevaron a jalones y golpes a la zona de regaderas, allí continuaron con la dosis de golpes. El jefe le dijo: "Esto fue solamente tu bienvenida y esta calentadita es por si más adelante piensas en fugarte de nuevo. Aquí el único que te puede patear y mear soy yo, y antes de que te fugues primero te mando matar con mis muchachos, ¿entendiste?"

Totalmente adolorido fue llevado a la zona de apandos, donde permaneció por dos largos meses. Al terminar el castigo, fue trasladado al Centro de Observación y Clasificación, donde estuvo tres meses, hasta que fue incorporado a su dormitorio definitivo.

Libre para salir al patio, *el Sapo* caminó de manera discreta tratando de no mirar a nadie a los ojos para no buscar problemas; pero un interno le buscó la mirada con insistencia, por lo que volteó a verlo. Era su amigo *el Galeanita*, con el que se había fugado de la correccional de San Fernando un año antes. "¡Chale, cabrón!, ¿a ti también te agarraron?"

El Galeanita le confesó que su padre, conocido aquí como *el Samyors*, tenía el control interno del reclusorio y con ayuda de unos custodios introducían y vendían droga a los internos y lo llevó con él, no sin antes proporcionarle mejor ropa y calzado y darle un *tour* por cada uno de los 10 dormitorios.

En el dormitorio uno estaban las personas mayores de 50 años, a quienes por su edad los apodaban "los tíos". Le seguía el dos, que estaba habitado por los internos más problemáticos, entre los que se encontraban los reincidentes. En el tres, los acusados de homicidios y violaciones. El cuatro resguardaba a los acusados de cometer fraudes, siendo muchos de ellos ex funcionarios públicos y ex ejecutivos de bancos.

El cinco estaba destinado para los que cometieron delitos relacionados con el narcotráfico, secuestro y evasión de presos. Ahí *el Galeanita* tenía su propia celda, la cual posteriormente sería ocupada por *el Sapo*. El seis, para los que provenían de alguna correccional y llamados "los corregidos". El siete era el de los primodelincuentes cuyos delitos no eran tan graves.

En el ocho estaban los ex policías que habían cometido algún delito. Al nueve se mandaba a los internos castigados, pues ahí estaba la zona de apandos. El 10 era para los delincuentes de "conductas especiales", y un 10 bis, que también estaba considerado como de máxima seguridad y que alguna vez tuvo como huéspedes al célebre jefe de la policía del Distrito Federal, Arturo Durazo Moreno, y al narcotraficante Ernesto Fonseca, *Don Neto*.

Terminado el *tour* fue llevado ante el famoso asaltabancos Ríos Galeana, *el Samyors*, un hombre de aproximadamente 45 años de edad, complexión delgada, moreno y de apacible semblante.

El Samyors o *el Galeana* escuchó atento el currículum del *Sapo*, cada detalle de sus actividades y relaciones. Al terminar de escuchar, exclamó: "¡Éste es el hombre que necesito!" A partir de ese momento se convirtió en su cómplice y lo ayudó a introducir mayores cantidades de droga a través de Alejandro Beristáin. Un kilo de cocaína pura —que se convertiría en dos o tres— era introducido semanalmente al reclusorio.

Lleno de poder y dinero, poco le importó ser sentenciado a 15 años, tres meses y 20 días de prisión; además, sabía que el licenciado Camacho lo sacaría muy pronto. El gusto se le acabaría cuando a principios de 1997 se dio un cambio de administración en el penal. Los negocios del *Samyors* se vinieron abajo. Su gente de confianza fue trasladada a otros reclusorios y la introducción de cocaína se complicó.

Sin embargo, la confianza que le había prodigado el jefe le dio la oportunidad de entablar amistad con otros importantes personajes del llamado "bajo mundo", entre ellos un ex comandante de la Policía Judicial Federal de apellido Vergara, quien fue recluido acusado de delitos relacionados con el narcotráfico, pero que para septiembre de 1997 recobró su libertad, luego de cinco años de presidio. Antes de salir, le dijo a su "amigo" que lo buscara si requería alguna recomendación. Eso fue precisamente lo que hizo a su salida en 1998.

CAPÍTULO 4

El principio del fin
Los desencuentros

Vergara, Vergara... se repetía *el Sapo* recordando cuando este viejo amigo lo había introducido al cártel de Neza, el mismo que ahora se había convertido en una sanguinaria organización, que pronto vería llegar su fin.

Como era costumbre todos los viernes después de mediodía, se dirigió a la sucursal de Banamex ubicada en la avenida López Mateos, casi esquina con la de Chimalhuacán, en Ciudad Nezahualcóyotl.

Sólo había algo que le molestaba de esta tarea: tener que circular por las intransitables avenidas cuyos carriles se reducían a causa de los autos estacionados afuera de los mil y un talleres mecánicos, o por los camiones repartidores, combis y microbuses que bloqueaban otro carril. Por ello había que conducir despacio, porque cuando no

119

había un tope era un bache o un perro atropellado lo que limitaba la circulación.

Estacionó su moderna camioneta Chevrolet Blazer, de color rojo metálico, que adquirió con el dinero producto de la venta de drogas que le pagaba Carlos Morales Gutiérrez, *el Águila*.

Bajó de su lujosa camioneta y enseguida llamó la atención de uno de los cuatro policías municipales que custodiaban la parte exterior del banco. Todos los agentes lo conocían de tiempo atrás, pues sabían de los negocios en los que estaba metido. Uno de ellos caminó a su lado escoltándolo hasta que estuvo dentro del banco. Al estar en la zona de atención a clientes en la planta baja de la sucursal, volteó hacia todos lados buscando a Raymundo, gerente de la sucursal, quien se encontraba platicando en pose de conquistador justo en el módulo de información a clientes.

Llegó hasta él, quien al verlo enderezó rápidamente su postura y lo saludó:

—Buenas tardes. No te esperaba tan temprano. Pasa a mi oficina.

Una vez dentro, le entregó cinco millones de pesos. Era el depósito semanal que el gerente se encargaba de distribuir en diferentes cuentas bancarias cuyos titulares eran prestanombres al servicio del *Águila*. Por cada depósito, el funcionario bancario cobraba cinco por ciento.

Banamex no era el único banco que utilizaba la gente del cártel de Neza. *La Ma'Baker* y sus principales lugartenientes tenían cuentas en Bancomer y Serfin: cuentas de crédito y cheques de estos tres bancos, así como de American Express y Dinner's Club.[1]

Como era fin de mes, Raymundo le hizo la entrega habitual de un sobre color amarillo tamaño carta, el cual contenía el registro de los movimientos de cada una de las cuentas bancarias; él sacó los documentos del sobre para revisar si estaban completos. Las cantidades sumaban 280 millones de pesos, fortuna que acumuló *el Águila* durante casi cuatro años que llevaba como el primer lugarteniente del cártel de Neza.

Sin saber por qué, en ese instante pasó por la mente del *Sapo* la idea de que ésta sería la última ocasión en que iría a ese banco a realizar las operaciones habituales de los últimos meses. No estaba muy equivocado. A partir de esa fecha, el cártel de Neza sería combatido de lleno en sus células y redes en los municipios de Ciudad Nezahualcó-

---

[1] Una nota publicada el 4 de abril de 2002 por el periódico *Excélsior*, titulada: "Detectan 20 cuentas bancarias del cártel de Neza: procuradurías", informa: "Grupos especiales de corporaciones policiacas de las procuradurías General de la República así como las de Justicia del Estado de México y la del Distrito Federal, con base en investigaciones conjuntas e informes de sus servicios de inteligencia, descubrieron en diversas instituciones financieras 20 cuentas bancarias del cártel de Neza dirigido por Delia Patricia Buendía Gutiérrez, alias *la Ma'Baker*, a quien le decomisaron tres distribuidoras de teléfonos celulares en las que blanqueaban fuertes sumas de dinero y servían de centros de recepción y distribución de cocaína…

yotl, Ecatepec y Chalco, por las corporaciones policiacas federales: la Policía Judicial Federal, la Procuraduría General de la República y la Policía Federal Preventiva, así como por cuerpos especiales de la Policía Ministerial del Estado de México, como el llamado grupo Delta.

Por supuesto, en el combate contra la organización también participó la Policía Municipal de Ciudad Nezahualcóyotl, que formó dos grupos de reacción inmediata: el Relámpago y el Sérpico. Éstos se crearon cuando el entonces director de la Policía Municipal, Carlos Ernesto García García, sintió la presión del presidente municipal, Héctor Bautista.

Fue Bautista quien alertó a la opinión pública nacional de que en su municipio se cometían todo tipo de ilícitos relacionados con el narcotráfico, y que éstos a su vez fomentaban la delincuencia del creciente número de adictos

"Informes obtenidos en las dependencias al mando de Rafael Macedo de la Concha, Alfonso Navarrete y Bernardo Bátiz, refieren que las citadas cuentas bancarias donde se estima podrían estar depositadas sumas millonarias serán congeladas una vez que se formalicen las solicitudes del Ministerio Público a la Comisión Nacional Bancaria y de Valores.

"Asimismo, los encargados de las investigaciones no descartan las posibilidades de que *la Ma'Baker* y varios de sus lugartenientes y colaboradores tengan más cuentas bancarias en el Distrito Federal, Estado de México y presumiblemente en otras entidades federativas, donde las investigaciones continúan por parte de autoridades federales encabezadas por la Agencia Federal de Investigaciones."

a las drogas. Así, a través de los medios de comunicación y vía peticiones oficiales llamó la atención de las autoridades federales y del Estado de México, que centraron sus esfuerzos en el combate al narco en Ciudad Nezahualcóytl.

Pero había un detalle: se presumía que desde que llegó al cargo, García García trabajaba para el cártel de Neza y recibía por sus servicios medio millón de pesos mensuales, por lo que el hecho fue considerado como una traición por el grupo de narcos.

Luego de espectaculares operativos, las diferentes corporaciones policiacas dejaron la plaza y García García se tuvo que hacer cargo solo del paquete. Para lograrlo, y llevando sobre su espalda el asunto de la traición, buscó a quien consideró la persona idónea en combate al narcotráfico para ponerlo al frente de los grupos creados en el municipio, un ex agente federal de nombre Guillermo Robles Liceaga.

García García sabía que con Robles Liceaga tenía posibilidades de salir triunfante y sobre todo de sobrevivir mientras fuera director de la Policía Municipal, pues conocía muy bien que el cártel de Neza tenía fama de ser uno de los más violentos y sanguinarios del oriente de la ciudad de México, sobre todo por su forma de deshacerse de sus deudores, sin importar que éstos fueran policías o integrantes de otros cárteles a quienes, además, combatía para proteger lo que consideraba su territorio.

Si bien les iba, tan sólo eran acribillados a la luz del día y morían enseguida. Los que no tenían suerte, eran secuestrados para primero ser torturados de las más despiadadas formas.

El Sapo incluso pensaba que para ejecutar a una persona no era necesario martirizarla, por lo que él tan sólo acostumbraba "rociar" una descarga de balas. Pero sus compañeros eran de la idea de que debían dar castigos ejemplares.

De esta manera, algunas veces los cadáveres eran encontrados días después del plagio, envueltos en cobijas y dentro de la cajuela de sus propios vehículos; muchos de ellos presentaban a simple vista rasgos de haber sido quemados parcialmente o en su totalidad. Eso sí, todos con el tiro de gracia. Otros, ni siquiera aparecían.

El cártel de Neza no sólo era poderoso por su violencia, sino que gozaba de poder económico, social y político, pues contaba con la ayuda de agentes federales, ministeriales locales, municipales, magistrados, jueces y abogados. Esto lo hizo intocable durante años.

La gente de las colonias de Ciudad Nezahualcóyotl lo quería y necesitaba. *La Ma'Baker* acostumbraba dar regalos en las escuelas y centros sociales los días del niño y de la madre. Cooperaba para arreglar calles y otros servicios públicos.

De cualquier modo, García García tenía que correr el riesgo por su propia supervivencia, y el trabajo de Robles Liceaga pronto comenzó a dar frutos.

Durante un operativo sorpresa muy bien sincronizado, el comandante Robles Liceaga cateó por lo menos 15 puntos de venta de droga del cártel de Neza en Ciudad Nezahualcóyotl.

Las pérdidas durante el cateo no afectaron de manera sensible a la organización, consideró *el Águila*, quien calculó que lo confiscado sumaba apenas unos dos millones de pesos, las ganancias de un fin de semana. Sin embargo, *la Ma'Baker* se mostraba preocupada, pues percibía algo raro.

Los operativos continuaron sin que Robles Liceaga detuviera a persona alguna. Con lujo de violencia llegaba a los puntos de venta de cocaína, conocidos como tienditas, de donde se llevaba el dinero y la droga que encontraba. De hecho, usaba un camión de la Policía Municipal de Ciudad Nezahualcóyotl que tiene al frente una especie de tumbaburros en forma de triángulo que sirve para derrumbar puertas. Con él se anunciaba a los grupos delictivos que los cateos a las tienditas se harían con toda la fuerza posible.

Así las cosas, *la Ma'Baker* decidió cerrar por dos días todas las tienditas de Ciudad Nezahualcóyotl dedicadas a la venta de cocaína, a excepción de dos lugares considerados claves, pues en ellos la venta y distribución se ofrecía al mayoreo: la ventaja de estos sitios era que se encontraban en colonias ubicadas en los límites del Estado de México y el Distrito Federal, lo que le complicaba las operaciones al comandante, pues bastaba con pasarse al otro lado de la línea imaginaria entre ambas entidades para frustrar sus operativos.

Al mismo tiempo, la narcotraficante buscó a través de sus múltiples contactos e influencias llegar a un acuerdo con el comandante Robles Liceaga, pero no lo consiguió. Lo que sí ocurrió fue el primer enfrentamiento entre el comandante y la gente del cártel. Estos hechos reforzaban en *el Sapo* la idea de que la organización comenzaba su cuenta regresiva.

El Águila me ordenó que cambiara la casa de seguridad donde me hospedaba junto con Rubén Romero Lara, *el Apolo*; Eduardo Valladares Martínez, *el Lobohombo,* y José Carlos Uribe Uribe (o José Félix de la Rosa Islas), *el Pato*, quienes me ayudaban en el control y distribución de cocaína en los municipios de Ecatepec y Chalco, en el Estado de México.

Para poder realizar el traslado, *el Águila* le ordenó a uno de sus gatilleros, Esteban Galindo Buenrostro, *el Esteban*, que me cuidara durante este tiempo, ya que por el momento las cosas estaban muy calientes en Ciudad Nezahualcóyotl y no querían sorpresas o que me pasara algo.

Sólo que el jefe de distribuidores estaba pasando por alto la perspicacia del comandante Robles Liceaga. El día 1° de enero de 2002 tendría un encuentro no muy grato con el comandante.

Salí por la tarde del departamento de la máxima autoridad del cártel, luego de preguntarle si se ofrecía algo. Me encontraba muy cansado y no era para menos. Había contado y repartido en remesas de 100 bolsas, cada una con 70 grapas de cocaína, 24 000 dosis de droga sin ayuda de nadie. Fue un trabajo laborioso que concluí alrededor de las seis de la tarde.

Pensé que tenía tiempo para bañarme y comer algo antes de realizar mi recorrido por las tienditas, desde el municipio de Los Reyes, La Paz, a la altura de las bodegas de Vino Domecq, hasta la avenida López Mateos de Ciudad Nezahualcóyotl, red que estaba a mi cargo y la cual controlaba con ayuda del *Apolo*, *el Lobohombo* y Luis Antonio Ríos Lara, *el Rata*.

Abordé mi camioneta y pronto dejé la colonia Ermita Iztapalapa de la delegación Iztapalapa, en el Distrito Federal, donde estaba el departamento que ocupaba la señora Paty como casa de seguridad para ocultar droga empaquetada en dosis, así como armas de grueso calibre. Salí hasta la calzada Ignacio Zaragoza al oriente del Distrito Federal con dirección al Estado de México. Circulé sin prisa hasta internarme en la colonia El Salado, Estado de México. Utilicé este camino para no encontrarme algún operativo, acciones que se instrumentan en las avenidas principales. Al llegar a la avenida Texcoco, a la altura de la colonia Las Águilas en Ciudad Nezahualcóyotl, me llevé una sorpresa. De manera repentina me cerró el paso un Jetta azul marino de modelo reciente, mientras que una camioneta Suburban se colocó a mi lado izquierdo.

De los vehículos descendieron varios sujetos vestidos con ropas de color negro. De inmediato rodearon mi camioneta y con armas largas apuntaron hacia el parabrisas, al tiempo que otros golpeaban las ventanillas e intentaban abrir las puertas.

Sin pensarlo, me comuniqué por medio del radio Nextel con *el Águila* para informarle lo que sucedía y darle la ubicación. *El Águila* me ordenó aguantar todo lo posible, hasta que pudieran llegar en mi auxilio.

Sin saber cuánto tiempo había resistido el ataque, observe cómo de la Suburban descendió un sujeto que se acercó hasta la puerta de mi camioneta y con voz ronca y fuerte amenazó: "Abre la puerta, hijo de la chingada, ¿o quieres que te baje a madrazos?" Era un tipo que rebasaba los 50 años, moreno, con la cara un poco cicatrizada, quizá por tantas broncas sostenidas, cejas pobladas que le formaban un rostro aún más tosco de lo que podría ser; sus ojos de color oscuro, grandes y rasgados parecían granadas a punto de estallar, su nariz era delgada, sus labios medianos y su cabello quebrado.

¿Quién era esta persona? No tardé mucho en averiguarlo. Se trataba del comandante de los grupos Sérpico y Relámpago: el enemigo número uno del cártel de Neza: Guillermo Robles Liceaga.

Ante mi negativa de salir de la camioneta, Robles se dirigió a uno de sus hombres y como si quisiera que lo oyeran a dos kilómetros ordenó: "¡Dale en la madre a los vidrios y bájenme a ese cabrón ahorita mismo!" Al instante, el otro sujeto tomó su arma con ambas manos volteando el cañón al lado contario de la ventanilla. La culata hizo estallar el cristal en cientos de pequeños vidrios que volaron por todas partes. Ya no había forma alguna de mantenerme encerrado, así que encendí el Nextel para que *el Águila* escuchara todo lo que ocurría.

Un sujeto metió la mano y abrió la puerta de la camioneta para jalonearme hacia fuera. De manera instintiva, sin tomar en cuenta el número de mis atacantes, me resistí, pues no iba a permitir que me detuvieran tan fácilmente.

Sabía bien que si alguien quería dañar la estructura del cártel lo podría lograr eliminando a la gente de confianza: en mi caso, era la mano derecha del principal lugarteniente del cártel de Neza.

Y no es que yo así lo imaginara. Así era. Yo manejaba la mayor parte de la distribución de cocaína del cártel de Neza. Pero no sólo eso. Conocía los principales contactos de cada una de las células de la organización que comercializaban la droga. Además, sabía de algunas ubicaciones tanto en los municipios importantes del Estado de México, como en lugares del Distrito Federal. Por si fuera poco, era yo quien se encargaba de manejar algunas cuentas de depósitos bancarios con datos de los prestanombres al servicio del *Águila*.

Como es de suponerse, no pude resistirme por mucho tiempo. Los sujetos lograron bajarme de la camioneta y a golpes me tiraron para que les fuera más fácil colocarme unas esposas. No sé cómo, pero al estar en el suelo logré quitarle la pistola a uno de los sujetos y hasta pude hacer unos disparos, pero sin darle a nadie.

Fue cuando intervino Robles Liceaga y de nuevo con su vozarrón se dirigió a mí: "¡Ya cálmate, cabrón. Somos policías. Sé que eres gente del *Águila*. Ya no estés haciendo escándalo y súbete al carro!, ¿o prefieres que mis muchachos te rompan bien la madre?"

Obedecí al comandante y subí al Jetta, pues ya me habían golpeado bastante sus muchachos. Avanzamos por la avenida Tepozanes, seguidos por la Suburban y mi propia camioneta guiada por alguno de los policías. Al parecer, ellos pensaban que todo les había salido bien, pero al llegar al cruce de Tepozanes y avenida Pantitlán se detuvieron por la luz roja del semáforo. Ahí, en un instante aparecieron el Jaguar gris plata del *Águila*, donde viajaban él y tres de sus acompañantes: Luis Rosales, *el Tepito*, *el Esteban* y Walter Gerardo Serratos Cruz, *el Walter*, este último cuñado de la señora dueña, pues estaba casado con su hermana Guadalupe Buendía, *la Lupe*, quien también estaba involucrada con la organización.

Con ellos llegó casi una docena de vehículos de la Policía Estatal del sector Manantiales de Ciudad Nezahualcóyotl y agentes del Ministerio Público adscritos a la colonia La Perla, también del municipio.

El miniconvoy donde viajábamos —quién sabe hacia dónde— de inmediato fue cercado por los otros vehículos. Ahora eran mis secuestradores los que se comunicaban en clave por radio a no sé dónde para pedir ayuda.

El Águila con su gente y los policías que le acompañaban sacaron de sus vehículos, uno por uno, a los muchachos de Robles Liceaga. Al acercarse a mí me reconocieron. "Ya estuvo. Vámonos de aquí. A estos cabrones les vamos a dar pa'tras." Me quitaron las esposas mientras los agentes al servicio del cártel ponían en el piso boca abajo a los otros y les propinaban puntapiés en el cuerpo.

Hubo una persona que no recibió el mismo trato. Quizá por respeto, el comandante Robles Liceaga no fue tocado por los policías que iban con *el Águila* ni por sus gatilleros. Lo cierto es que el comandante, lejos de intimidarse, gritaba e insultaba al lugarteniente del cártel de Neza.

—Ya te pasaste de verga, pero ten por seguro que te voy a dar en la madre.

La respuesta del *Águila* no se hacía esperar:

—A mí no me espanta, Robles. Usted sabe mucho, así que es usted el que se está pasando de verga, comandante.

—Mira, *Águila*, ya tengo ubicadas tus tienditas y tus casas de seguridad. Te voy a dar en la madre, con todo y tu dinero. A mí no me compras. A mí me vale madre con quien te reportas, piche secuestrador ojete.

—El secuestrador eres tú, Robles. Además, sabes de antemano que a mí no me tenías que tocar. ¿Quieres medir fuerzas con mi gente? Vamos a ver de qué manos hay más muertos.

Las ofensas siguieron hasta que *el Águila* le propinó una bofetada al comandante Robles Liceaga, quien al recibirla perdió el equilibrio y cayó de nalgas.

Esto era apenas el principio de una guerra declarada hacia el cártel de Neza, que al inicio era oficial y a partir de este momento había pasado a ser algo personal entre Robles Liceaga y *el Águila*, pues había herido el orgullo del policía.

Días después, el comandante de la policía continuó hostigando a la gente del cártel. El siguiente fue *el Pato*. *El Sapo* me platicó este nuevo choque:

Al llegar al lugar donde el lugarteniente del cártel, su gente y la policía a su servicio reclamaban a Robles Liceaga y al grupo Sérpico la liberación del *Pato*, me percaté de que de nuestro lado se encontraba un comandante de la Policía Federal de nombre Florentino Romero Juárez, *el Florentino*.

—Si usted no me da la atención, comandante Robles, voy a tener que bajar a su gente de las patrullas a como dé lugar.

Robles, humillado y golpeado por *el Águila*, se llenaba de valor y se mostraba decidido a no llegar a ningún arreglo.

—Tú serás muy comandante de la Judicial Federal, pero te advierto una cosa: si no me dejas hacer mi trabajo te la voy a cuadrar y te voy a empapelar junto con estos pinches envenenadores narcotraficantes de mierda.

—Así que no me va a dar la atención, comandante Robles, o me está dando a entender que mi chapa (acreditación de policía federal) y yo valemos madres. Comandante, recuerde que perro no come perro.

Entre la discusión y el forcejeo pude liberar al *Pato* de la patrulla donde lo llevaban, y al percatarse de esto *el Águila* ordenó el retiro. Nuevamente, Robles Liceaga había perdido la batalla.

Nos dirigimos a la casa del *Águila* en la colonia La Perla, y al llegar al número 414 de la calle Poniente número 22 hicimos alto total. Mi jefe descendió de la Suburban del comandante Romero Juárez. Se me acercó para pedirme 300 000 pesos que le serían entregados al *Florentino* para que éste a su vez repartiera su gratificación a cada uno de quienes lo habían acompañado.

Eran cerca de las nueve de la noche y me daba cuenta de que *el Águila* se veía preocupado. Con insistencia peinaba su cabello hacia atrás. Su nerviosismo era evidente. Me volteó a ver y me ordenó que me comunicara con cada uno de los encargados de las redes de droga en el municipio de Ciudad Nezahualcóyotl, para que las tienditas fueran cerradas hasta nuevo aviso.

Por medio del Nextel, *el Sapo* transmitió las instrucciones correspondientes. Permanecieron a bordo de la camioneta Blazer durante 15 minutos sin cruzar palabra, vino un suspiro profundo y *el Águila* dijo: "Me siento más tranquilo, pero debemos salir de Nezahualcóyotl porque hay algo que no me gusta".

Se pusieron en marcha y circularon entre las calles de la colonia El Salado hasta llegar a la delegación Iztapalapa en el Distrito Federal, donde tomaron rumbo a la colonia Santa Martha Acatitla para visitar a la máxima autoridad de la organización en su domicilio particular de la calle 8 número 120.

Al llegar, *el Águila* bajó de la camioneta y entró a la casa, mientras yo permanecí afuera, esperándolo; sin saber en qué momento, me quedé dormido. Los toc, toc, toc en la ventanilla de la camioneta me despertaron. Era *el Águila*, así que de inmediato quité los seguros para que él abordara. Observó su reloj de pulso, que marcaba las 12:15 de la noche. Me había dormido durante casi tres horas.

Ambos fueron a recoger el vehículo del *Águila* a la colonia ampliación Vicente Villada, de la delegación Iztapalapa; era la casa de otro de los yernos de *la Ma'Baker*, Mario Solís Ariza, *el Tabique*.

Se estacionó detrás del Jaguar del *Águila* y antes de que descendieran de la Blazer tocó el claxon en tres ocasiones. Salió *el Tabique*, con quien *el Águila* platicó brevemente. Enseguida abordaron el Jaguar y tomaron la calzada Ignacio Zaragoza, hasta llegar a la Cabeza de Juárez, donde dieron vuelta en "u" para tomar la ruta de seguridad de la colonia El Salado.

Hicieron una parada para recoger al *Pato*, quien se encontraba escondido en el hotel Duade, ubicado en avenida Texcoco y Carmelo Pérez, luego del enfrentamiento con el comandante Robles Liceaga. Era el lugar donde habitualmente *el Águila* los enviaba a esconder cuando tenían algún problema.

Llegaron a la recepción y pidieron al encargado que llamara a Ricardo Oropeza Oropeza, nombre clave del *Pato*, quien tan pronto despertó bajó al estacionamiento del hotel, donde lo esperaban.

Decidieron circular con las luces apagadas por las calles de Nezahualcóyotl. Al llegar al cruce de Texcoco y avenida Kennedy pararon en el módulo de vigilancia, donde *el Águila* preguntó a los policías, que eran sus informantes, si se habían percatado de algún operativo.

Tras verificar que no había novedades, se dirigieron a la casa del *Águila* en Poniente 22. Al llegar, observaron que afuera se encontraba una Ford Lobo color uva, doble cabina de las tipo Harley-Davidson, propiedad del *Tabique*, y una Expedition deportiva, color vino, que pertenecía al tercer lugarteniente del cártel de Neza, Fernando Morales Castro, *el Fer*, quien estaba casado con la segunda hija de *la Ma'Baker*, Nadia Isabel Bustos Buendía, *la Japonesa*.

LAS VÍCTIMAS DEL CÁRTEL DE NEZA

Sin duda, algo grave pasaba, ya que *la Ma'Baker* nunca juntaba a los principales lugartenientes, ni mucho menos a altas horas de la noche, a menos que hubiera problemas.

Entraron a la casa, donde ya estaban *el Tabique*, *el Fer* y la gran dueña. *El Pato* y *el Sapo*, principales operadores del cártel, presenciaron la reunión sentados en los cómodos sillones de la sala, mientras ella intentaba comunicarse con alguien.

Una y otra vez se escuchaba la grabación: "El número Telcel que usted marcó no está disponible o se encuentra fuera del área de servicio, le sugerimos llamar más tarde". Molesta, gritó: "¡Este hijo de la chingada nunca está cuando lo necesito!"

Hasta que por fin entró la llamada.

—¿Dónde te metes, cabrón?

—Chale, suegra, no se enoje. Lo que pasa es que se me acabó la pila del celular y no traigo cargador en el carro, así que hasta ahorita que llegué a Tepito lo puse a cargar.

La persona del otro lado del teléfono era Rivelino Contreras Hernández.

La plática que tenía *la Ma'Baker* con *el Rivelino* salía de lo común.

—*Rivelino*, ¿ya entendiste lo que necesito? Me urgen las armas y la gente, así que si es posible las quiero para hoy mismo.

—Ya le dije que sí, suegra, pero ¿para qué quiere tantas armas?

—¿Por qué siempre tienes que preguntar, pinche *Rivelino*? Voy a necesitar una chamba como la de los Navarrete, ¿te acuerdas?

Cuando ella pronunció el apellido Navarrete, *el Sapo* sintió un escalofrío por todo el cuerpo y vino a su mente el recuerdo de un comandante de la Policía Judicial del Estado de México, quien incluso llevaba una amistad de compadrazgo con *el Águila*. Jorge Navarrete, quien fue subcomandante del Segundo Grupo de Investigaciones de La Perla, en Ciudad Nezahualcóyotl.

Ese pobre hombre apareció ejecutado en el Distrito Federal, con huellas de tortura, en compañía de su hermano Ángel, también policía judicial, pero éste del Distrito Federal, allá por mayo de 2002, a bordo de una camioneta Voyaguer blanca. *El Sapo* ahora sabía que la mujer había sido la autora intelectual de tales homicidios.

Después de unos segundos de estar recordando a los hermanos Navarrete siguió escuchando la plática entre la cabeza del cártel de Neza y el gatillero de Tepito.

—Claro que sí me acuerdo, suegra. Cómo crees que voy a olvidar a ese par de policías si hasta chillaban como puercos cuando les estaba dando en la madre. Pero ¿ahora con quién es la bronca?

—¿Has escuchado hablar de un tal comandante Guillermo Robles Liceaga?

—Creo que sí, suegra. Es el mismo que conozco aquí. En Tepito ya nos debe muchas y ya estamos pensando en ponerle precio a su cabeza. Se ha metido con mucha banda y ha mandado a varios güeyes a chingarse al reclusorio. Casi todos a los que él ha agarrado llegan al tambo.

—Bueno, *Rivelino*, pues ese cabrón ya se pasó bien de verga. Sabía que no tenía que meterse conmigo por órdenes del *Padrino*, y a él le valió madres. Ya hablé con *el Padrino* y dice que no es bronca de él, así que a él le vale madres lo que le pase a ese cabrón.

La Ma'Baker siguió hablando por unos minutos más con *el Rivelino*, mientras *el Sapo* se preguntaba quién podría ser ese *Padrino*. ¿A quién se refería? Quizá —pensaba— es uno muy importante con el cual últimamente había tenido problemas el cártel, ya que les estaba exigiendo más dinero del que se había acordado por brindarles protección.

Tal persona era Mario Roldán Quirino, quien se desempeñaba como director de Enlace Operativo de la FEADS y cuya oficina se encontraba en el segundo piso del edificio ubicado frente al Monumento a la Revolución en el Distrito Federal.

La Ma'Baker le dijo al *Rivelino* que lo esperaría en la casa de Poniente 22, aproximadamente en una hora. Durante el tiempo que aguardaron y en presencia de la fauna de aves y anfibios —*el Sapo* y *el Pato*— ella se quejaba con sus lugartenientes y pronunciaba un monólogo que además de cínico era absurdo.

—Ya estoy hasta la coronilla de esta situación. Si seguimos así, con el tiempo cualquier pendejo nos va a venir a dar a todos. Primero rompen nuestros contactos en el aeropuerto. Después, Roldán, para exigirnos más dinero, nos revienta la célula de Ecatepec, mandando hasta La Palma al *Borracho*, y lo peor es que no aguanta el interrogatorio y proporciona datos de los agentes que reciben las rentas de la tienditas en las plazas que hay en Ecatepec y Nezahualcóyotl...

"Ahora lo que me faltaba, que un pinche izquierdo de la Federal venga y me cierre todos mis negocios de droga. ¿Así que, saben qué, cabrones? Estamos perdiendo mucho dinero. ¿Qué les pasa? ¿Acaso nos hemos chingado trabajando día y noche en balde? ¿Cuántos años tenemos trabajando y cuántos operativos hemos tenido en contra? ¿Cuántas veces nos han cateado? ¿Qué es lo que quieren?

"Un ejemplo, aquí al *Pato* lo agarró la policía y ¿qué pasó? Nada. Luego lo agarra un operativo de la Policía Federal y se lo llevan a la FEADS y no pasa nada. Y no es que *el Pato* tenga suerte, es porque él sabe qué hacer al momento. A él le ha valido mucho tirar a la basura cuatro o cinco kilos de cocaína. Yo lo necesito aquí afuera. ¿En la cárcel para qué me sirve?

"Así que el que se quiera ir a la chingada, de una vez. A mí no me vengan con la mamada de que trabajan conmigo por mis hijas, culeros. Ustedes están porque yo así lo he querido y porque hasta ahorita me han sabido responder como los buenos cabrones que son.

"O qué, Mario, ¿tu casa que te mandaste a construir llena de lujos y con piscina fue gratis? O tú, Fernando, ¿tus cuentas en el banco te las regalaron? O tú, Carlos, ¿el carrazo que te acabas de comprar te costó barato? Pues no, cabrones, todo en la vida cuesta, lo que tienen es suyo porque se lo han sabido ganar y porque les gusta andar padroteándosela todo el tiempo.

"Así que los problemas que se van a venir a partir de hoy van a ser muy fuertes. Ya también hablé con Roldán para que se calme y le dije que el aeropuerto no lo estamos trabajando porque surgieron algunos problemas, pero él quiere su dinero, a él no le importa si ganamos o perdemos.

"Tengo un trato con él y dice que ahora me chingo, así que ya hablé con la gente del *Borracho* y ellos se van a encargar de ejecutar a Roldán. ¿Cuándo y en dónde? No lo sé, pero ese es problema de ellos."

Por un momento *el Sapo* perdió los detalles del discurso por tratar de recodar quién era *el Borracho*. Sabía que Roldán lo había detenido en octubre del año anterior pero no recordaba de qué célula era; tras repasar algunos nombres lo recordó. Era un tal José Luis Rojas Rocha o José Luis Albarrán Rocha que trabajaba para la célula controlada por armando Hernández Ramírez, *el Lágrima*, y por Arturo Hernández Hurtado, *el Gallo*, quienes también controlaban parte del territorio de Chalco junto con *el Tabique* y parte del municipio de Ecatepec con Óscar e Israel Vargas Buendía, ambos sobrinos de *la Ma'Baker*, hijos de su hermana Carmen Buendía Gutiérrez, que vivían en la colonia Prados de Aragón, en Ecatepec, Estado de México.

Como ya había recordado quién era *el Borracho*, volvió a prestar atención a la plática que ya empezaba a abordar el asunto del comandante Robles Liceaga. Más tranquila y relajada anticipaba: "Nos vamos a encargar de quitar de en medio al comandante Robles". La plática se interrumpió cuando se escuchó un claxon fuera de la casa del *Águila*.

Por medio del circuito cerrado observaron que *el Rivelino* había llegado con el encargo. Desde la sala donde se encontraban abrieron el zaguán a control remoto para que *el Rivelino* pudiera meter el auto al garage. Ahí, *el Rivelino* tenía el encargo de *la Ma'Baker*, pero "¿cuál era ese encargo que urgía tanto?", se preguntaba.

El Rivelino bajó y se dirigió a dos de los sujetos que le acompañaban:

—Vas, *Quique*, y tú también, *Mutante*. Bájense del carro y saquen las armas de la cajuela —inmediatamente bajaron del vehículo y sacaron dos sacos de color blanco con palos de golf.

Ya dentro de la sala, *el Rivelino* extrajo los palos de golf que había en el interior de los sacos para llegar al fondo y extraer el otro contenido. Cuatro armas AK-47, de las conocidas como cuernos de chivo, además de varias cajas de color amarillo.

En el otro saco se encontraba la misma cantidad de armas y parque que en el primero. En total, ocho cuernos de chivo y 32 cajas de parque. Tan pronto hizo la entrega, *el Rivelino* partió.

—Suegra, ahí están las armas y la gente que me pidió. Por el dinero no se preocupe. Favor con favor se paga.

Casi de inmediato llegó a la casa del *Águila* su gatillero preferido: *el Esteban*. La jefa fue directo al grano:

—Esteban, ahí están los 200 000 pesos como adelanto. Ya sabes lo que tienes que hacer. Aquí están las armas y la gente que necesitas, así que acaba con él.

"Tú, *Pato*, te vas a encargar de buscar domicilios nuevos para reabrir los negocios. Eso sí, lo que suceda será tu responsabilidad. Sabemos que a partir de hoy las cosas se van a poner muy calientes."

La reunión terminó y *el Sapo* y *el Pato* comenzaron a buscar a los encargados de las tienditas y a determinar nuevos puntos de venta, pues Robles Liceaga ya había cateado cerca de 40, aunque sin muchas pérdidas para la organización en dinero o en droga. La jornada se prolongó casi hasta las seis de la mañana.

Un día después, el 17 de enero de 2002, *el Sapo* recibió una llamada en su Nextel. Era *el Águila*, quien con voz agitada sólo alcanzó a decirle: "Cierra todo, me tiene Robles". Lo demás que alcanzó a escuchar fue el ulular de las sirenas de las patrullas y gritos de mucha gente. Intentó comunicarse con *la Ma'Baker* para avisarle, pero no lo logró, así que se apresuró a llamar al *Lobohombo*, *el Pato* y al *Apolo* para que le ayudaran a cerrar los negocios. El mensaje que les transmitió fue simple: "Nada", lo cual significaba que había que salir lo más pronto posible de los negocios con toda la droga.

Cuando tuvo el dinero y la droga en su poder los llevó a la casa de seguridad que tenían en la calle Poniente 30 de la colonia Reforma de Ciudad Nezahualcóyotl. Posteriormente se fue a ocultar en un hotel a la orilla de la calzada Ignacio Zaragoza. Sin poder conciliar el sueño, permaneció ahí hasta la mañana siguiente en que *el Águila* le habló para citarlo. Al llegar con él lo observó inusualmente nervioso, fumando un cigarro, cosa que sólo hacía cuando estaba bajo mucha presión.

—¿Qué pasó ayer en la noche?

—Por poco y te quedas sin jefe. Robles se volvió a pasar del límite. Me la cuadró y me la supo hacer. Agarró a mi suegra en el Vips de la avenida López Mateos. La obligó a llamarme y cuando llegué me agarró a mí también. Nos quería mandar a la Físcalía Antidrogas en el Distrito Federal, así que tuvimos que llamar a Roldán para que llegara a un acuerdo con Robles.

"Me quitó cinco millones de pesos. Y me tienen aburrido los dos, así que voy a presionar al *Lágrima* y *el Gallo* para que le den también a Roldán. Y a lo mejor yo mismo voy a acompañar al *Esteban* cuando ejecuten a Robles. Esto no se va a quedar así."

—¿Por qué haces tanta bronca, qué son cinco millones para ti, si en una semana ganas eso?

—No es la lana, sino que estos cabrones saben que estoy trabajando con gente de arriba y quieren venir a "mamar y dar topes" al mismo tiempo. Bueno, voy a tener que salir al Distrito Federal, ahí te encargas de todo. Ah, necesito que me juntes un millón de pesos para la noche y que entregues cinco kilos de cocaína en la casa del *Tabique*. Ahí te va a estar esperando.

Los cateos de Robles Liceaga continuaron, todos ellos con lujo de violencia y siempre dejaba mensajes de amenaza para mi jefe.

En la segunda quincena de enero, Martín Caballero Torner Martínez, *el Torner*, quien se dice era intermediario del cártel de Neza con altos jefes policiacos, informó al *Águila* que ya tenía todo arreglado.

—No te preocupes, Carlos. Arreglé una cita con el comandante Robles para hoy a las diez de la noche en el Vips del Aeropuerto, cerca de la calzada Ignacio Zaragoza, así que vámonos porque ya son nueve y media.

Nos dirigimos al lugar de la cita, pero antes pasamos por *el Pato*, *el Lobohombo* y *el Tepito*, quienes iban preparados con sus AK-47, lo cual preocupó al *Torner*.

—¿Qué pasó, Carlos?, quedamos en que iríamos sólo nosotros. ¿Para que llevan tanta gente armada?

—No te preocupes, *Torner*. Yo sé que eres amigo y nunca esperaría una traición de tu parte, porque me dolería andar buscándote para matarte. Pero el comandante Robles es culero y voy preparado. No me importa matarme con él ahorita. Lo prefiero, a verme tras las rejas.

Al llegar al lugar, vieron que en el fondo del estacionamiento se encontraban dos camionetas con las luces encendidas. Una Suburban y una Van. *El Torner* explicó al *Águila* que ya lo estaba esperando, así que éste bajó del auto y ambos se dirigieron a la Suburban. Esperaron impacientes. A cada rato *el Pato* y los otros tomaban sus armas.

Una hora más tarde, *el Águila* bajó de la Suburban visiblemente molesto. Azotó contra el piso su cigarro y abordó su Jaguar.

—Oye, ¿cómo voy a decirle a mi suegra que Robles quiere otros dos millones de pesos para dejarnos trabajar? No sé que va a pasar.

Cuando *el Águila* informó a *la Ma'Baker* de las pretensiones del comandante Robles, ésta tronó.

—¿Que el comandante Robles quiere dos millones de pesos más para dejarnos trabajar? ¡Está loco, pendejo y mal de su cerebro! ¿Qué le pasa? Yo no trabajo para nadie y menos para un muerto. Habla con *el Esteban* y pregúntale si puede con el trabajo o no.

El Águila pidió al *Torner* que enviara al comandante Robles Liceaga un regalo de 100 000 pesos, mientras le juntaban el dinero, pero en realidad quería ganar tiempo para dar con el domicilio del comandante.

No se sabe si finalmente el lugarteniente entregó el dinero a Robles, pero a fines de enero de 2002, el cártel de Neza movilizó a toda su gente a Ciudad Nezahualcóyotl. En tanto, las células de Ecatepec y Chalco, en el Estado de México, y las de Tepito e Iztapalapa, en el Distrito Federal, seguían funcionado normalmente porque estaban fuera del alcance del comandante.

Además, en uno de esos lugares se hablaba de que se movían intereses de un funcionario de la PGR, Óscar Pérez, a la sazón director de Atención Ciudadana de dicha dependencia y cuya oficina se encontraba frente al Monumento a la Revolución, en la colonia Tabacalera del Distrito Federal.

Mientras en el cártel de Neza se buscaba que todo regresara a la normalidad, *el Sapo* se hacía una pregunta: ¿por qué la gente que logra entrar, formar parte de una organización y ganarse su confianza, llegando a ser considerada "de la familia" por parte de los miembros principales, tiene que separase de la organización? ¿Por qué? Nunca tuvo la respuesta.

El asunto es que *el Pato* había huido de la organización llevándose con él muchos secretos. Se dio cuenta de que sus temores sobre el fin del cártel de Neza comenzaban a materializarse, pues el desertor tenía información valiosa y podía utilizarla en contra de ellos.

Por su parte, *la Ma'Baker* tomó la decisión equivocada: le puso precio a la cabeza del *Pato*. Medio millón de pesos por verlo muerto y un millón si se lo entregaban vivo, pues ella misma quería quitarle la vida "después de haberlo torturado; no faltaba más".

El Lobohombo fue el primero en ofrecerse para ejecutar al *Pato*, pues siempre le había tenido envidia. Luego de que ubicaron su domicilio, pasaron la información a *la Ma'Baker* y ésta planeó la ejecución para el 31 de enero de 2002.

A pesar de que *el Lobohombo* formaba parte de la organización del cártel de Neza, tenía algo que al *Sapo* no le caía bien. Lo consideraba uno de los más cobardes. Cuando había problemas era de los últimos en llegar, y cuando se tenían que cerrar los negocios, por algún operativo, era de los primeros en huir.

El Lobohombo le confió al *Sapo* la forma en la que llegaron acompañados de *la Ma'Baker* a buscar al *Pato*. Según el relato, al llegar al domicilio que habían ubicado, una señorita de unos 20 años abrió la puerta y de inmediato las sujetaron con violencia, al igual que hicieron con una mujer mayor.

La Ma'Baker entró a la casa y, al saber que *el Pato* no estaba, ordenó que todo fuera destruido. Sólo se detuvieron cuando las mujeres —severamente golpeadas— lograron explicar que el hombre al que buscaban, Carlos Uribe Uribe, no vivía ahí, sino otro llamado José Félix de la Rosa Islas. La señora dudó y optaron por retirarse.

La burla de los gatilleros, de la forma en cómo trataron a esa familia, pronto se convertiría en preocupación debido a que la persecución al *Pato* repercutiría en el ocaso del cártel de Neza.

El primer intento del *Águila* y sus gatilleros por ejecutar al *Pato* se frustró, ya que éste estaba decidido a vender cara su vida. Pero mientras encontraban a su otrora hombre de confianza, el cártel de Neza se sentía con fuerza, pues operaba a sus anchas como antes. Era —pensaban— el momento de ejecutar al fiscal de la FEADS, Mario Roldán Quirino. La fecha, el día 21 de febrero de 2002. Y lo hicieron.

Los integrantes del cártel se escondieron por un tiempo. Para ello contaban con propiedades en Valle de Bravo, Estado de México; en la playa Caleta, en Acapulco, Guerrero; en una de las zonas residenciales de Guadalajara, Jalisco, y en Campeche.

Escondidas las cabezas del cártel, *el Sapo* se quedó a cargo de algunos negocios. Dos días después de la ejecución de Roldán Quirino se citó con el verdugo de éste: *el Lágrima*. En un billar de Ciudad Nezahualcóyotl bebieron e inhalaron varias dosis de cocaína. Estando "bien dopados", el asesino apresuró su trago de Chivas Regal y le contó al *Sapo* cómo había sido lo de Roldán:[2]

---

[2] Casi la totalidad de los medios de comunicación dieron cuenta de la ejecución de Mario Roldán Quirino. El periódico *El Universal* presentó así la noticia: "Mario Roldán Quirino, funcionario de la Fiscalía Antidrogas de la PGR, fue acribillado ayer por sicarios cerca de su domicilio en la delegación Tlalpan, en la capital de país. El móvil del crimen se perfila como un ajuste de cuentas por su labor como director general adjunto de Enlace Operativo para Asuntos Especiales y Relevantes, de la Fiscalía Especial en Atención a Delitos contra la Salud (FEADS). Debido a los posibles vínculos de este crimen con el narcotráfico, la PGR ejercerá su facultad de atracción en las próximas horas.

"Entre otras acciones, Roldán Quirino participó en la desarticulación de una célula del cártel del Golfo en Coatzacoalcos, Veracruz.

Lo seguimos durante un mes por varias delegaciones del Distrito Federal. Un día que circulábamos por Viaducto Tlalpan vimos cómo salió de esta vía hacia la colonia San Pedro Mártir en la delegación Tlalpan. Entró a una casa y pensamos en ejecutarlo cuando saliera, al día siguiente.

Decidimos buscar un mejor lugar y al otro día lo seguimos hasta una casa que se encontraba muy cerca. Estaba aún en obra negra y pensamos que éste era un mejor sitio para ejecutarlo, así que mandé al *Bulls* —quien tiene cara de albañil— a pedir trabajo en la obra. Le dijeron que tenía que ver al patrón y que éste se presentaría por la mañana, cerca de las diez.

Por la mañana regresamos y desde temprano esperamos a Roldán. Yo en mi motocicleta y *el Bulls* y *el Quique* en un

"La PGR, en un comunicado, de forma preliminar aseguró que el funcionario de la FEADS recibió 28 impactos, 21 de ellos en el cuerpo y siete en la cabeza, mientras que fuentes de la procuraduría capitalina señalaron sólo 10 lesiones por impacto de bala en el rostro y en el pecho.

"En las primeras investigaciones la PGJDF estableció que tres sujetos participaron en la operación; media hora antes de la muerte del funcionario un hombre con una radio portátil bajó de un Shadow rojo y esperó en el lugar. Momentos más tarde dos de sus cómplices, en el mismo vehículo, interceptaron al funcionario para acribillarlo.

"En tanto, Martha Quirino y Antonio Padilla Quirino, madre y hermana de la víctima, refirieron que no había recibido amenazas recientes, ni sabían que tuviera problemas por la naturaleza de su trabajo, aunque extraoficialmente se señaló que la policía investiga atentados que pudo haber sufrido en el pasado…"

Shadow que ocupábamos para llevar la cocaína de Nezahualcóyotl a Ecatepec. Justo a las nueve se apareció Roldán.
Esperamos a que saliera. Cuando se dispuso a partir a bordo de su camioneta Expedition ordené por radio al *Bulls*
que le atravesara el Shadow y así lo hizo.

En cuestión de segundos, *el Quique* llegó de sorpresa
por la parte trasera del lado izquierdo y al estar junto a la
ventanilla del conductor vació toda la carga de su arma sin
darle tiempo de que pudiera al menos encomendarse a
Dios. Tanto su cabeza como su pecho quedaron converti-
dos en una coladera por la cantidad de agujeros que le dejamos. Nos alejamos del sitio y más delante abandonamos el
Shadow y el arma, así la policía no nos buscaría y sería más
difícil dar con nosotros.

Pero no había de qué preocuparse, pues en la organización se enteraron de que las investigaciones sobre el
homicidio de Mario Roldán Quirino estaban muy des-
viadas del cártel de Neza. Tal información fue proporcio-
nada por la agente del Ministerio Público de la FEADS,
Leticia Ramírez Pichardo, a quien la cabeza del cártel le
entregó una gratificación de medio millón de pesos, que
utilizó para adquirir un Grand Marquis blanco.

En marzo las cosas no parecían tan mal. *La Ma'Baker*
y su hijas dominaban todavía algunos puntos de venta en
Ciudad Nezahualcóyotl que les significaban ganancias de
tres millones de pesos semanalmente. Pero la ambición

de la mujer no tenía límites y se quejaba de que con ese dinero sólo le alcanzaba "pa' refrescos".

Ante la recriminación, *el Sapo* tomó la decisión de abarcar todo el territorio de Ciudad Nezahualcóyotl, con lo que lograron abrir 40 tienditas de venta de cocaína que funcionaban las 24 horas del día, como antes. Ya en abril, las ganancias alcanzaban los 11 millones de pesos semanales, sin contar lo que daban las células de Chalco, Ecatepec, Iztapalapa y Tepito. Ahora venía un nuevo reto: vender la cocaína por kilo, lo que ya empezaba a lograr.

Por lo pronto, con la ayuda de las tres hijas se realizaba el trabajo de armado de dosis. *La Japonesa* y algunos gatilleros se encargaban de recorrer las tienditas recogiendo el dinero.

La Pequeña acompañaba al *Sapo* cuando distribuía la droga. Él recuerda de manera especial aquellos momentos:

Además de distribuir la droga, nos dábamos tiempo para pasar algunos ratos solos. *La Pequeña* era una mujer muy sensual, candente y fogosa, así que nos arriesgamos a pasar momentos inolvidables mientras se ausentaba *el Águila*. El jacuzzi de su casa servía para relajar nuestros cuerpos desnudos entre uno que otro juego sexual acuático.

Aún húmedos, nos trasladábamos a su habitación, donde la amplia *king size* cubierta de lujosas colchas recibía nuestros cuerpos en su confortable colchón. Ahí practicábamos la posición que más le gustaba a ella, esa que tiene que ver con la sodomía, es decir, que la penetrara con firmeza por el ano, práctica que la hacía gemir con una fuerza impensable y gritar de placer. Así que dejaba escapar toda la satisfacción concentrada en su hermoso y esbelto cuerpo. Al acabar, los dos nos retirábamos exhaustos a descansar en una lujosa sala de plumas de ganso, cuando todavía el sudor de nuestros cuerpos y las palpitaciones apenas comenzaban a retomar su ritmo normal. Aún ahora, al recordar esos momentos, se estremece mi cuerpo y me provoca sueños húmedos...

Cuando se incorporaron todos los lugartenientes del cártel de Neza, fue necesario reagrupar la organización, pues gente como *el Lágrima* comenzaba a mostrar intenciones de trabajar por su cuenta. Al mismo tiempo, el comandante del grupo Sérpico de la Policía Municipal de Nezahualcóyotl, José Luis López Naranjo, *el Torito*, al parecer impulsado por Robles Liceaga, se empezaba a convertir en un dolor de cabeza para la organización.

El Torito era también un ex agente federal que causó baja de esa corporación a principios del año 2000 y que a su vez mantenía, en aquel tiempo, una relación muy estrecha con el comandante de la Policía Judicial Federal que brindaba protección al cártel de Neza, Florentino Romero Juárez.

López Naranjo combatía al cártel de Neza no necesariamente por ser buen policía, sino por su ambición. Tan es así, que planeó el secuestro de la hija menor de *la*

Ma'Baker, la Pequeña. Pero gracias a los informantes, distribuidos en varias dependencias policiacas, el secuestro se frustró y *el Águila* sentenció la muerte del *Torito*. Hasta la fecha nadie ha sabido nada de él.

Aún quedaban otros enemigos del cártel.[3] Nada menos que el director de la Policía Municipal de Nezahualcóyotl, García García, y el propio presidente municipal Héctor Bautista, quien no cesaba, en sus declaraciones a la prensa, de mencionar las actividades del cártel de Neza.

Para ese entonces Robles Liceaga ya había dejado de operar en Ciudad Nezahualcóyotl[4] —se retiró a finales de 2001—, pero aún combatía a la fuerte organización.

[3] Casi la totalidad de los medios de comunicación difundieron unas famosas listas de funcionarios que serían ejecutados por el cártel de Neza. Una nota del periódico *La Jornada* del 8 de mayo de 2002 que da cuenta de la detención de Esteban Galindo Buenrostro, *el Esteban*, refiere en uno de sus párrafos: "Según revelaron a *La Jornada*, Buenrostro Galindo portaba una lista de otras personas que debían ser asesinadas por obstaculizar la venta de droga tanto en el DF como en Nezahualcóyotl, ellos eran el actual subsecretario de seguridad Raymundo Collins y el presidente municipal de Nezahualcóyotl Héctor Bautista".

Otra nota publicada en el periódico *La Crónica* también del 8 de mayo de 2002, agrega los nombres de Nicolás Humberto del Águila Jiménez, agente de la FEADS; Carlos Ernesto García García, director de Seguridad Pública de Nezahualcóyotl, y Federico Piña Arce, coordinador de Seguridad Pública en la delegación Iztapalapa.

[4] Una nota de la revista *Proceso* del 1º de septiembre de 2002 da cuenta de una conversación entre Carlos Ernesto García García, director de la

Como director de Operaciones Mixtas de la Secretaría de Seguridad Pública del Distrito Federal, atacaba a las células de Tepito e Iztapalapa.

Molesto con Robles, platica *el Sapo*, *el Águila* pidió ayuda a su papá, Carlos Morales Correa,[5] quien se desempeñaba en la Secretaría de Seguridad Pública. Quería datos que facilitaran la ejecución del nuevo director de Operaciones.

El 1º de mayo de 2002 fue la fecha fijada por el cártel para ejecutar a Robles Liceaga. *El Sapo* relata que la mañana de ese día se reunieron en uno de los departamentos que tenía el cártel en la delegación Iztapalapa y que les servía de casa de seguridad. Llegaron junto con *la Ma'Baker*

Policía de Nezahualcóyotl, y Guillermo Robles Liceaga. Aquí un extracto: Carlos García preguntó a Robles cómo le iba en su nuevo empleo como director de Operaciones Mixtas de la Secretaría de Seguridad Pública del Distrito Federal. El ex comandante de la PGJ, quien había laborado con Mario Roldán Quirino —asesinado en febrero anterior—, respondió que no estaba a gusto, que prefería quedarse a trabajar en la policía de Neza.

El director de la Policía Municipal de Ciudad Nezahualcóyotl le facilitó armamento y equipo de radiocomunicción y le dijo que siguieran en contacto. En la despedida ambos se desearon suerte, pues sus enemigos les habían lanzado varias amenazas de muerte.

Lo anterior consta en la declaración ministerial que rindió Carlos Ernesto García García en la Fiscalía para Homicidios de la PGJDF…

[5] Una nota publicada por *El Universal Gráfico* del lunes 26 de agosto de 2002 dio a conocer la destitución de Carlos Morales Correa: "El jefe de sector Carlos Morales Correa, padre del narcotraficante Carlos Morales, alias *el Águila*, líder operativo de la banda de *la Ma'Baker*, fue destituido de

para esperar el arribo de un funcionario de la SSP adscrito a dicha delegación Federico Piña Arce y el periodista Martín Caballero Torner Martínez.

El plan diseñado por Piña Arce consistía en que él hablaría con Robles para informarle que tenía ubicado al jefe de la banda de narcotraficantes de *Los Canos*, en una clínica en avenida Río Consulado. Era seguro que Robles Liceaga, director de Operaciones Mixtas de la Secretaría de Seguridad Pública del Distrito Federal, no dejaría pasar esta oportunidad, ya que buscaba al líder de dicha organización desde hacía tiempo. Ahí le debían esperar los gatilleros que realizarían la ejecución.

su cargo y será investigado. Además, no se descarta que otros elementos de la Secretaría de Seguridad Pública del DF pudieron tener nexos con el grupo criminal u otras organizaciones delictivas".

El secretario de Seguridad Pública del Distrito Federal, Marcelo Ebrard, explicó que "en el caso concreto del jefe de sector Buenavista, a partir de una investigación de la Dirección de Inspección Interna de la SSP, se confirmó el lazo familiar del mando con *el Águila*, por lo que desde la noche del sábado se le suspendió del cargo.

"Se inició de inmediato una investigación para determinar si tiene vínculos con su hijo en las actividades criminales que realizaban en Nezahualcóyotl, Estado de México, e Iztapalapa, pues aunque niega que tenga contacto con él o relación con sus actividades delictivas, eso no lo podemos saber a ciencia cierta."

Posteriormente, una nota publicada el 30 de agosto de 2002 por el periódico *El Economista*, refiere: "El titular de la Secretaría de Seguridad Pública capitalina, Marcelo Ebrard, informó que además de Carlos Mo-

—Cómo verá, estoy cumpliendo con mi parte del plan. Aquí tiene el número de cuenta. Yo me retiro. Su yerno Mario ya tiene los datos de dónde y a qué hora citaré al comandante Robles.

Tan pronto se retiraron Piña Arce y *el Torner*, llegaron *el Tabique* y *el Esteban* para ultimar los detalles de la ejecución. Casi media hora después se trasladaron a la casa del *Águila* a recoger un millón de pesos que de inmediato llevaron a la sucursal de Bancomer de avenida Chimalhuacán y López Mateos. El gerente recibió de manos de la "señora" el número de cuenta al cual debería hacer el depósito.

rales Correa, padre del presunto narcotraficante Carlos Morales, *el Águila*, también labora en la corporación Agustín Morales Gutierrez, hermano de ese delincuente […] trabaja en un grupo especial denominado Cometa, y que se encuentra en el área de Asuntos Internos.

"Dio a conocer que el hermano del *Águila* ya declaró ante las autoridades de Asuntos Internos e igual que su progenitor (Morales Correa), están ubicados para que, en caso de deslindarse alguna responsabilidad en su contra, sean puestos de inmediato a disposición de la PGR."

Marcelo Ebrard observó que independientemente de las investigaciones que realiza la PGR en torno a la banda denominada de *Neza* o de *Ma'Baker* y sus nexos con posibles mandos de diversas corporaciones, la SSP (del Distrito Federal) efectúa su propia investigación, que una vez concluida será entregada a la autoridad federal.

Agregó que también se desarrolla una investigación a fondo de los 70 jefes de sector con que cuenta la dependencia y de los 31 000 elementos operativos, pero que se trata de una labor que llevará tiempo para concluirla, ya que no es tarea fácil.

Regresaron al Distrito Federal para comer en un restaurante de la cadena Bisquets de Obregón. *La Ma'Baker* pidió café capuchino y galletas. *El Sapo* miró su reloj de pulso marca Longines extraplano, con acabado de oro e incrustaciones de diamante y una correa de piel de cocodrilo. Era la 1:45 de la tarde, momento en el que el celular de *la Ma'Baker* sonó. Contesto con monosílabos mientras que de su boca salían expulsadas migajas de galleta: "Sí, ajá, bueno", sin enterar a sus acompañantes de lo que hablaba. Tan pronto terminó la conversación ordenó que se retiraran.

Durante el camino se dirigió al *Águila* para platicarle que *el Esteban* había confirmado que ya estaba hecho el asunto, es decir, que ya habían llevado a cabo la ejecución del comandante Robles Liceaga, aunque no había sido cerca de la clínica, sino que al circular por Río Consulado[6] se die-

---

[6] La revista *Proceso* del 25 de agosto de 2002 relata en una parte de su artículo "La mafia en acción": "Con la autorización de su jefe y una estructura de respaldo, Robles estaba a punto de llevar a cabo las primeras detenciones, pero un chivatazo, que las autoridades investigadoras presumen vino de las filas de la policía capitalina, lo paró en seco".

Con base en testimonios policiacos *Proceso* reprodujo lo que sucedió en los momentos previos a la ejecución:

"—Písale, nos vienen siguiendo —le ordenó Robles Liceaga a su subalterno, Martín Guerrero Rojas.

"Guerrero Rojas pisó a fondo el acelerador de la patrulla Malibú, placas 888 KPJ, en cuyo asiento trasero iban también los mandos Jorge Romano Carreón y José Luis Romero.

ron cuenta de que delante del *Esteban* y sus gatilleros viajaba la víctima, por lo que no esperaron más y lo interceptaron adelante del metro Aragón para proceder de acuerdo con lo planeado. En el rostro de la mujer se dibujaba una sonrisa burlona, pero enseguida mostró cierta preocupación.

Durante todo ese día y los siguientes los noticieros de televisión, radio y la prensa hablaban de la ejecución de Robles Liceaga y recordaban la de Mario Roldán Quirino. Ambas se adjudicaban al cártel de Neza, a partir de datos que un informante estaba dando a las autoridades.

LA DEBACLE

Cerca de las seis de la tarde del 8 de mayo, una semana después del homicidio de Robles Liceaga, *el Águila* recibió

"En la avenida Río Consulado, a la altura del Metro Aragón, un Jetta gris y un Tsuru guinda, con dos personas cada uno, les dieron alcance; una vez que se colocaron por ambos flancos, sin detener la marcha dispararon a quemarropa contra Robles Liceaga y sus acompañantes.

"Muerto el conductor de ocho balazos, la patrulla chocó contra una casa ubicada en la esquina de Río Consulado y Dólares. Con heridas de bala en varias partes del cuerpo y aturdido por el choque José Luis Romero, uno de los sobrevivientes, logró llegar al radio y pidió ayuda.

"Casi de inmediato, el subsecretario de Seguridad, Raymundo Collins, recibió, por ese mismo medio, la noticia de que una patrulla civil adscrita al Grupo Roble había sufrido un percance por la zona del Peñón de los Baños, delegación Venustiano Carranza [...]

una llamada de Eric Spock Torner, *el Spock*, un agente adscrito a la AFI y al parecer informante de la organización. Según este personaje, en esos momentos se encontraba en las oficinas de la PGR en el edificio de López —cerca del Palacio de Bellas Artes en el Distrito Federal— *el Pato*, quien era entrevistado por agentes de la UEDO.

Al parecer, estaban abordando el caso de los homicidios de Roldán Quirino y Robles Liceaga. Tal información la pudo obtener porque ese día acompañaba al comandante de su grupo, encargado de llevar y traer al informante a Ciudad Nezahualcóyotl.

Una vez que la cabeza de la banda conoció esta información, citó a sus yernos y lugartenientes en la casa del *Águila*. La instrucción fue contundente: matar al *Pato* fuera con quien fuera. Una nueva llamada del *Spock* al *Águila* dio cuenta de que *el Pato* había sido trasladado a

"Minutos después, recibió otro informe por la frecuencia especial utilizada por el alto mando policiaco, con la noticia de que Robles Liceaga viajaba en la patrulla baleada.

"—¿Cómo está? —preguntó Collins.

"—Está muerto —le confirmaron.

"[…] Antes de emprender la marcha [Robles Liceaga], a eso del mediodía, hizo dos llamadas telefónicas, una a Federico Piña Arce, responsable de la seguridad en Iztapalapa, a quien le comentó la necesidad de hablar con él porque tenía una línea de investigación que apuntaba al narco […] y la otra a Collins, a quien le comentó lo mismo, salvo por un detalle, a Collins le adelantó que arrestaría a un sospechoso que se encontraba herido en un hospital ubicado en el noriente de la capital..."

Ciudad Nezahualcóyotl, exactamente a las calles de Poniente 10 y Loma Bonita, así que con armas en manos se dirigieron de inmediato a ese lugar.

Vieron "al traidor" con otros tres sujetos y sin esperar a llegar hasta donde se encontraban comenzaron a disparar sus cuernos de chivo. Dos de los tres acompañantes cayeron, no se sabe si muertos o heridos. Lo cierto es que *el Pato* logró escapar del atentado y no pudieron terminar el trabajo porque a corta distancia se escuchaban las sirenas de las patrullas.

No sólo habían fallado, sino que en el tiroteo *el Pato* alcanzó un arma, disparó y logró herir al *Águila* en una pierna y al *Tepito* a la altura de la tetilla derecha, por lo cual sangraba a chorros. Llegaron hasta la casa del *Tabique*, quien sin perder tiempo llevó a ambos heridos en su camioneta Durango para que fueran atendidos de emergencia.

Días después de la ejecución de Robles, las cosas se pusieron aún peor para la organización. Cuando Esteban Galindo Buenrostro, *el Esteban*, circulaba a bordo de su motocicleta por la avenida Ignacio Zaragoza al oriente del Distrito Federal, un policía a bordo de un transporte similar le dio alcance y lo derribó permitiendo que otros elementos policiacos lo capturaran.[7] Eso fue a mediados de mayo. *El Sapo* relata lo que ocurrió después:

[7] El 18 de mayo de 2002 varios medios de comunicación dieron cuenta de la detención del *Esteban*. El periódico *La Jornada* publicó: "El

El día 17 el licenciado al servicio del cártel, Agustín Guardado, se presentó ante las autoridades e intentó negociar la salida del *Esteban*, pero ahí mismo me le echaron el ojo.

Primero lo dejaron salir de la FEADS. Al ir a reunirse con Delia Patricia Buendía Gutiérrez, *la Ma'Baker*; Carlos Morales, *el Águila*; Nadia Isabel Bustos Buendía, *la Japonesa*; Norma Bustos Buendía, *la Pequeña*, y Fernando Morales Castro, *el Fer*, en el Vips que se encuentra detrás de las instalaciones de la PGR, en Plaza de la República en la zona centro del Distrito Federal, los agentes lo siguieron y se lanzaron sobre el grupo. Como pudo, *el Águila* logró escapar, al igual que *la Pequeña*; cuando ésta estaba en manos de una agente le dijo que era reportera, que se había acercado a ver qué pasaba, y la dejaron ir.

Al llegar a las instalaciones de la FEADS los agentes les mostraron un acuerdo de localización y presentación contra los principales dirigentes del cártel.

El Fer, después de compartir las galeras de la FEADS con los demás, fue trasladado al Reclusorio Oriente del Distri-

---

asesino del comandante Guillermo Robles Liceaga [...] está ligado al narcotráfico. Fuentes de la Procuraduría General de Justicia del DF revelaron que Esteban Galindo Buenrostro, quien recibió 200 mil pesos como pago, confesó que un narcotraficante que operaba en los municipios de Villa del Carbón y Nezahualcóyotl, así como en la delegación Iztapalapa y en el barrio de Tepito, fue quién ordenó la ejecución.

"Esteban Galindo Buenrostro fue detenido en la ciudad de México la noche del pasado jueves por autoridades capitalino y puesto a disposición de la FEADS, dependiente de la PGR."

to Federal por una orden de reaprehensión en su contra, por delitos contra la salud en la modalidad de posesión de cocaína y comercialización.

La Ma'Baker, *la Japonesa* y *el Lic* fueron arraigados durante 90 días hábiles por los delitos de narcotráfico, delincuencia organizada, posesión de armas de fuego de uso exclusivo del Ejército y de la Fuerza Aérea, y como probables responsables de por lo menos 15 homicidios, entre los cuales se incluían el de Guillermo Robles Liceaga y el de Mario Roldán Quirino.

Como ratas que abandonan el barco que se hunde, *el Águila* huyó de Ciudad Nezahualcóyotl. Lo mismo hizo su esposa *la Pequeña*, quien llevó consigo a dos escoltas de su madre, un tal Carlos Hurtado Orozco, *el Cabeza*, y un Ernesto Díaz Pérez, *el Neto*. Al parecer huyeron al estado de Tabasco, en donde *la Pequeña* tiene familiares.

Por supuesto también huyeron Mario Solís Ariza, *el Tabique*, con sus hijos, así como su esposa Marcela Gabriela Bustos Buendía, *la Gaby*, quien tenía ocho meses de embarazo.

El Sapo también pensó en huir. Pero se alcanzó a dar cuenta de por qué *el Águila* era el lugarteniente número uno de *la Ma'Baker*. Con tan sólo un puñado de hombres tomó las riendas del cártel. Lo primero que hizo fue "gratificar" a los encargados de las tienditas, a los que ofreció cierta cantidad de dinero. Otros que llevaban más tiempo se incorporaron de nuevo al negocio, sólo que ahora se dedicarían exclusivamente a la venta de cocaína por kilo.

Abandonaron Ciudad Nezahualcóyotl para seguir traficando y surtiendo droga en Tepito e Iztapalapa en el Distrito Federal, así como en Chalco y Ecatepec. Como el cártel siempre había trabajado por redes, la información del *Pato* sólo sirvió para dañar las células de Nezahualcóyotl, por pertenecer él a este territorio.

Posteriormente *el Sapo* se enteró de que otro informante del cártel de Neza, Nicolás Humberto del Águila Jiménez,[8] aconsejó al *Águila* que se escondiera porque ya no podía hacer nada para ayudarlo —y en realidad no podría, pues él mismo sería ejecutado—. Lo único que pudo hacer por él fue proporcionarle el nombre de la

---

[8] El 15 de junio de 2002 el periódico *La Jornada* dio a conocer una nota firmada por Ángel Bolaños y Gustavo Castillo, titulada: "Secuestran y ejecutan a agente del Ministerio Público Federal", la cual refiere: "A poco más de tres meses de que fuera asesinado el director adjunto para Asuntos Especiales y Relevantes de la Fiscalía Especial para la Atención de Delitos contra la Salud, Mario Roldán Quirino, la madrugada de ayer fue ejecutado uno de sus colaboradores, Nicolás Humberto del Águila Jiménez, a quien secuestraron presuntos agentes de la Procuraduría General de la República frente a su domicilio en la colonia Pro Hogar de la delegación Azcapotzalco.

"Al igual que Roldán Quirino, quien el 21 de febrero pasado fue interceptado en una calle de su domicilio en Tlalpan, cuando circulaba en su vehículo, al que dispararon en 24 ocasiones, a Del Águila Jiménez también lo esperaron cerca de su domicilio..."

persona que denunció a la organización: José Félix de la Rosa Islas, *el Pato*.

Tal vez por haberse vuelto un cártel tan sanguinario, tal vez por haber matado a policías, o quizás por estar fuera del control de los cuerpos policiacos que les brindaban protección, pero el cártel de Neza presenciaba su debacle.

Una serie de detenciones se sucedieron hasta comienzos de 2003. A diario los medios de comunicación daban cuenta de nuevas capturas de integrantes del cártel de Neza y sus cómplices policiacos. La más sonada, sin duda, fue la aprehensión del secretario de Seguridad Pública del municipio, Carlos Ernesto García García,[9] a quien señalaron como presunto protector de la banda de *la Ma'Baker*.

Quizás hubiera sido mejor retirarse a tiempo, cuando la gente del cártel tuvo la oferta de un familiar de *la Ma'Baker* que se desempeñaba como funcionario de Pe-

El 16 de junio de 2002 el periódico *La Jornada* divulgó la nota titulada: "El agente del MP ejecutado el viernes, fue abogado de narcos, afirma Arceo", donde señaló: "El subprocurador de Averiguaciones Previas Desconcentradas de la Procuraduría General de Justicia del DF, Álvaro Arceo Corcuera, informó que en los antecedentes del agente del Ministerio Público Federal adscrito a la FEADS, Nicolás Humberto del Águila Jiménez, ejecutado la madrugada del viernes, se encontró que cuando era abogado postulante defendió a presuntos narcotraficantes".

[9] Una nota publicada por el periódico *Milenio* del 13 de marzo de 2003, titulada: "Detienen a secretario de seguridad de Neza, cómplice de *la*

tróleos Mexicanos y quien les había ofrecido abrir una cadena de gasolineras con 200 millones de inversión, para lo que incluso les ofreció una lista de prestanombres.

La ambición y confianza en los policías que los protegían fueron la perdición del cártel de Neza. Ahora, muchos están internos en diferentes cárceles. Otros son buscados afanosamente por la PGR y al momento de terminar este libro se siguen conociendo detenciones de integrantes de la famosa organización de *la Ma'Baker*.

Las cabezas del cártel fueron cortadas, pero aún ahora Ciudad Nezahualcóyotl sigue siendo una plaza de venta de cocaína al menudeo, dice *el Sapo*. Tan sólo hay que darse una vuelta por sus calles, en las que a pesar de encontrarse frecuentemente con patrullas de la Policía Preventiva y Judicial del Estado de México y la municipal, la inseguridad sigue latente. Ahora las tienditas se concentran en la colonia Loma Bonita, casi a final del municipio, y hacia su extremo oriente en la Benito Juárez.

Ma'Baker", apunta: "El director de Seguridad Pública municipal de Nezahualcóyotl, Carlos Ernesto García García, fue detenido por elementos de la FEADS por su probable vinculación con la red criminal dedicada a la venta y distribución de drogas que lideraba Delia Patricia Buendía, *la Ma'Baker*.

"La detención del jefe policiaco se llevó a cabo el martes pasado en la zona de Taxqueña cuando salía de su domicilio. La captura de Ernesto García García se efectuó con base en la causa penal 33/2003-A, relacionada con la investigación de la red criminal que encabezaba *la Ma'Baker*..."

Alrededor de las casas de la familia de *la Ma'Baker* hay vigilancia permanente de la policía municipal, pues el proceso para dar con los demás integrantes del cártel aún sigue abierto, en espera de que capturen al *Águila*, momento en que quizá lo concluyan.

Para *el Sapo* era tiempo de dejar el cártel y disfrutar lo que había obtenido. No quería terminar sus días en una fría prisión o, peor aún, perder la vida. Hoy que se encuentra lejos del cártel y del alcance del *Águila*, habla de rehacer su vida y ayudar, con este testimonio, a que se conozcan más detalles de la organización a la que perteneció y, sobre todo, señalar a muchos personajes que aún están en el servicio público como si nada hubiera ocurrido.

Nuestro informante espera que su relato sea otra prueba más de la manera en que se corrompen los policías y de la falta de atención a los problemas sociales, cuya expansión de la pobreza sirve a los narcotraficantes tanto para encontrar clientes como empleados, quedando la juventud en sus manos a través de la adicción y la necesidad de empleo.

CAPÍTULO 5

Héctor Bautista, el desafío
EL AÑO DE LA SEGURIDAD

Militante y dirigente de la izquierda en el municipio de Ciudad Nezahualcóytl, Héctor Bautista López es el tercero de cinco hijos —cuatro varones y una mujer—, tres de ellos dedicados a la política en el Estado de México. Su padre falleció hace tiempo y su madre aún vive en el estado de donde llegó muy pequeño: Oaxaca.

Si infancia fue difícil, como lo es la de todas aquellas personas que llegan a una colonia que apenas nace. Sus juegos de niño se desarrollaron en medio de los áridos terrenos el municipio cuyo abundante polvo cubría por completo los diminutos cuerpos de los chicos que no tenían un parque en el cual divertirse.

Cuando la lluvia llegaba era peor, pues los espacios en donde intentaban jugar quedaban cubiertos por lodo. El agua encharcada en el desnivelado terreno formaba grotescas albercas donde sólo con imaginación se podía disfrutar la infancia. Así, los sucios estanques eran vistos como lugares de aventura en los que se desafiaban las arenas movedizas. No en balde el municipio ganó el mote de "Ciudad Nezahualodo".

Mientras que los pequeños trataban de disfrutar su triste destino, los rayos del sol absorbían las fuerzas de los adultos, que a golpe de picos y palas le daban forma a su colonia edificando sus casas, pavimentando sus calles, introduciendo el agua potable y el drenaje. También se daban tiempo para apoyar la construcción de los edificios públicos.

No había casi nada; escuelas, hospitales, mercados o parques esperaban ser construidos. Los niños que acudían a la primaria cargaban con su propia silla. Los salones de clases —si se les podía llamar así— eran apenas unos cuartuchos sin ventanas donde ni siquiera había un buen pizarrón.

Con este escenario, su vida quedaba marcada por las carencias. Conforme fue creciendo, aumentaba su participación en las luchas sociales. Primero en el Partido Mexicano de los Trabajadores, luego en el Partido Socialista Unificado de México, más tarde en el Partido Socialista y por último en el Partido de la Revolución Democrática.

Luego de años en las luchas urbanas en busca de vivienda y servicios para su comunidad, decidió competir por la alcaldía de este lugar, una de los más conflictivos del país dadas las innumerables carencias que todavía a principios del siglo XXI sufren sus habitantes.

Durante su campaña electoral, Héctor Bautista —para ese entonces ya un hombre de 43 años de edad— recorrió cada rincón del municipio: colonias donde es raro observar construcciones de más de dos pisos de altura, oficinas lujosas, espectaculares plazas comerciales y escuelas privadas de vistosas fachadas.

Durante sus recorridos por las populosas calles del municipio, las caras de angustia de la gente se repetían. No se quejaban solamente de la falta de alumbrado público, agua, pavimentación, escuelas o trabajo. No, sus principales reclamos, al igual que en muchas partes del país, iban en el sentido de exigir seguridad.

Amas de casa, maestros de escuelas, dueños de establecimientos comerciales, mecánicos, conductores de transporte público, abogados o médicos de la zona; todos los que vivían, trabajaban y/o transitaban por Nezahualcóyotl demandaban lo mismo al que se perfilaba como futuro alcalde: combatir el narcomenudeo.

La gente, esa gente trabajadora y empeñosa que con sus propios recursos había hecho sus colonias, ahora reclamaba que le ayudaran a recuperar su espacio vital. Pedía, en medio de la desesperanza, que los narcos fueran erradicados, que se cerraran las tienditas, que se detuviera el indiscriminado incremento de la adicción.

Esa gente no sólo se sentía insegura de salir a las calles, sino que se consideraba lastimada al pasar cerca de uno de los muchos puntos donde cada semana se realizaban bailes a los que llegaban cientos de jóvenes a beber alcohol y a consumir droga. Veían cómo los muchachos de todas las edades declaraban las calles territorio libre del control de la autoridad, a la que ya no temían.

Pero lo que más dolía a los habitantes del municipio era el alarde con que los narcos se paseaban por sus calles. A bordo de sus lujos BMW, potentes Jaguares y poderosas camionetas, la banda de *la Ma'Baker* recorría las colonias sin temor alguno. El secreto a voces de que ellos eran los que encabezaban el narcomenudeo les tenía sin cuidado.

Héctor Bautista miró en los rostros de la gente no sólo rabia, sino también su determinación para hacer algo, pues era claro que estaban dispuestos a recuperar sus calles, sus colonias, sus espacios, su ciudad.

Tan pronto llegó a la presidencia municipal, supo cuál era su principal misión: combatir la inseguridad, pero sobre todo aquella derivada del narcomenudeo.

Bautista recuerda cómo desde el año 2000, durante su campaña por la alcaldía de Ciudad Nezahualcóyotl, fueron dos los reclamos más recurrentes por parte de los electores: la proliferación de las tienditas de cocaína y el aumento de la delincuencia. Además de éstos, pero en un segundo nivel, la gente estaba a disgusto con las tocadas y los bailes callejeros en la vía pública, los arrancones de autos en las principales avenidas, la instalación de ferias en la ciudad; pedían la recuperación del parque zoológico, del parque del pueblo que estaba prácticamente en manos de un grupo de comerciantes, sacándoles usufructo ilegalmente y la reubicación de los giros negros.

Para lograr su objetivo comenzó por crear una policía no corrupta, respetuosa de los derechos humanos, eficiente en las tareas de prevención, adiestrada, disciplinada y bien equipada, además de entablar una buena coordinación con las diferentes policías que actuaban en el municipio.

Así, designó al 2000 como el año de la seguridad pública, por lo que la mayor parte del presupuesto fue destinada a ese objetivo. Gracias a ello logró la contratación de un número mayor de policías. De 300 que había, pasaron a cerca de 1 000. Además, otorgó salarios dignos, adquirió 250 patrullas y en una segunda etapa las dotó de localización vía satelital, así como cámaras de video en su interior. Luego compró uniformes, cascos, escudos, toletes y armas nuevas, pues consideraba inconcebible combatir la delincuencia con armamento obsoleto y en muchos casos inservible. Sobra decir que esta dotación era muy, pero muy inferior a la que portaban los grupos delictivos. Posteriormente promovió cursos de capacitación policial y de derechos humanos.

En el primer año resolvió lo de tener una policía eficiente y comenzó por atender lo que estaba dentro de sus facultades: lo relacionado con el ordenamiento de los giros negros que proliferaban en el municipio.

Para resolver los problemas, especialmente la proliferación de las llamadas tienditas, buscó coordinarse con las diferentes policías, federales y estatales, adscritas a Nezahualcóyotl, pero pronto se dio cuenta de que no lo podía hacer.

Las pláticas con diversas instancias se prologaban y luego de largas y tediosas reuniones se acordaban sólo algunas cosas. Bautista recuerda:

> Incluso hicimos un gran operativo en los primeros meses, donde me quedó claro que había una gran cantidad de filtraciones de información, dados los escasos resultados. Por ejemplo, en una ocasión, en un impresionante despliegue de elementos policiacos en el que participaron las policías Preventiva y la Judicial del Estado de México, la Policía de la Procuraduría General de la República y nosotros —cerca de 2 000 elementos en la calle—, durante toda la noche lo más que pudimos encontrar fue una pastilla psicotrópica. Es claro que estaban infiltrados los cuerpos policiacos y que había una comunicación muy amplia entre éstos y la gente que delinque en el municipio.

Pero ello no lo desanimó, así que invitó a la ciudadanía a realizar denuncias anónimas sobre la ubicación de las tienditas. En mercados públicos, escuelas, oficinas del municipio, centros comerciales y en otros lugares se colocaron buzones donde la gente alertaba del lugar donde ellos sabían o presumían que se vendía cocaína.

En siete meses, de agosto de 2000 a febrero de 2001, llegaron cerca de 500 denuncias. En ese mismo periodo, a través de la policía municipal, se verificó la información descalificando 200, quedando en firme las 300 restantes, con ubicación de calle y número.

Héctor Bautista recuerda cómo, durante ese tiempo, constató la existencia de grupos muy bien organizados que gozaban de impunidad y disfrutaban de la protección de los diferentes cuerpos policiacos.

Eran grupos muy violentos y cada uno tenía como objetivo el control de un territorio y la comercialización a gran escala de la cocaína. Para hacerla accesible a un precio a una mayor cantidad de personas, la adulteraban, llegando a costar hasta 20 pesos el gramo. Además, usaban la droga como forma de pago a los burreros [quienes la transportaban] y a los grupos de jóvenes que daban protección a las tienditas y domicilios particulares de los narcomenudistas. Dado que no es facultad legal de los cuerpos de seguridad municipal su combate, ya que la venta de droga es un delito federal, en marzo de 2001 entregamos a la Procuraduría General de la República la relación de los 300 lugares donde se vendía la droga.

Su calvario apenas comenzaba...

Al llegar cada noche a su pequeño departamento del edificio que habitaba en Ciudad Nezahualcóyotl, Héctor Bautista contabilizaba los días que transcurrían sin que la PGR le diera respuesta alguna. Al recostarse en su cama, colocada frente al tocador y a un costado del clóset de su habitación, reflexionaba sobre la ausencia de información:

Pasaron 60 días y no había información, las cosas seguían igual, es decir, a los que hoy se les conoce como miembros del cártel de Neza, se les distinguía en la ciudad por su exhibicionismo, dándose paseos por las avenidas principales a toda velocidad en carros de lujo, como un Jaguar, festejando cumpleaños amenizados por la Sonora Santanera, cerrando calles con vehículos, que impedían el paso a otros carros, para que sus hijos disfrutaran el espacio con carritos eléctricos, y qué decir de la intimidación y violencia ejercida sobre los vecinos donde se localizaba cada una de las 300 tienditas.

Comenzaba a desesperarse, así que aprovechó una invitación que le hicieron a principios de mayo de 2001 para participar en el Foro Iberoamericano para la Actividad Urbana y la Democracia que se realizó en el Museo de la Ciudad de México. A este foro acudieron alcaldes de diferentes municipios de América Latina, el Caribe y España.

En mi intervención quise destacar la poca o nula colaboración y coordinación que existe entre los tres niveles de gobierno —sus policías federales, estatales y municipales— para el combate a la delincuencia y el crimen organizado, así como la inexistencia de programas de prevención. Lo ejemplifiqué con la entrega a la PGR del listado de la ubicación de las 300 tienditas.

Este último asunto fue retomado por la prensa nacional y citado en primeras planas. En los días siguientes, la PGR, a través del licenciado Manuel Bárcenas, subdelegado de la PGR en el Estado de México, me solicitó ratificar mi denuncia, a lo que me negué, porque la información que hice llegar a la PGR fue con carácter de confidencial. La actitud de Bárcenas la interpreté como un intento de lavarse las manos y no asumir su responsabilidad de investigar.

Al mismo tiempo el subdelegado de la PGR en Neza informó a los medios que la lista presentada tenía incongruencias. Se había investigado 58 domicilios, de los cuales 20 no coincidan con el número y la calle, 29 domicilios más resultaron negativos y sólo nueve eran posibles. Además se decía que la droga provenía de Tepito y en pocas cantidades. También señaló la captura en el municipio de 12 personas con menos de 60 gramos de droga.

Esas declaraciones lo que en realidad intentaban era descalificar nuestra denuncia y justificar su trabajo, así como guardar las apariencias. El 9 de mayo el periódico *Reforma* confrontó nuestra relación en campo. Escogió al azar tres domicilios, acudió a ellos, pudiendo adquirir allí cocaína. En el último domicilio, al darse cuenta los vendedores de las cámaras, los corrieron a balazos.

El asunto del narcomenudeo en Neza vuelve a las primeras planas de los diarios y queda exhibida la PGR. Como respuesta, la subsede de la PGR informa a los medios que en el periodo de diciembre de 2000 a abril de 2001 contaban para la zona oriente del Estado de México, es decir, Nezahualcóyotl, Los Reyes, La Paz, Chimalhuacán y Chicoloapan, con cinco policías judiciales, 10 armas largas, cinco cortas y tres vehículos, todo esto para atender una población de aproximadamente tres millones y medio de habitantes.

Al mismo tiempo decía que en el lapso ya mencionado se había detenido a cuatro personas con 45 gramos de marihuana, 42.5 gramos de coca y 10 pastillas psicotrópicas. Estas cifras eran insultantes, querían ocultar el sol con un dedo. Hoy sabemos, por informaciones periodísticas, que en esa época circulaban aproximadamente 300 000 dosis al mes.

El asunto siguió en la prensa y a finales de mayo Bautista por fin tuvo audiencia con el licenciado Estuardo Mario Bermúdez, titular de la FEADS. La reunión, recuerda, fue muy tensa y el fiscal estaba muy enojado. Al menos ésa fue la impresión que tuvo.

También recuerda el rostro endurecido del funcionario de la PGR cuando le advirtió que "quien se mete en esos asuntos generalmente no sale vivo", palabras más, palabras menos. Inmediatamente Bautista sintió ese vacío en el estómago que provoca el miedo y mentalmente se preguntó: "¿Por qué me metí en esto?"

Pensó que era la crónica de algo anunciado, era una forma de decirle: "estate quieto y hazte a un lado". Aún así, lo asumió con responsabilidad.

El fiscal le pidió firmeza y que colaborara con la FEADS. Ahí le informó de la designación del licenciado Mario Roldán como comisionado especial en el "caso Neza". Lo que ahora piensa "es que acudió en busca de apoyo y de solidaridad, y lo que recibió fue intimidaciones, y eso era grave".

Momentos después, con su miedo encima, acudió a la oficina del director de Asuntos Especiales y Relevantes de la FEADS. Se pusieron de acuerdo para una reunión futura en Nezahualcóyotl con el director de Seguridad Pública de esa zona, Carlos García García, un militar recomendado por el general Félix Gallardo. Carlos, como le dice con afecto el diputado perredista, "era un hombre puntual. Cumplía a cabalidad los encargos que se le daban".

Terminada la reunión en la FEADS, Héctor Bautista salió a la calle Plaza de la República —que rodea el Monumento a la Revolución— para abordar su Chevy Monza, en el cual ya lo esperaba el chofer. Mientras se dirigía a sus oficinas en Ciudad Nezahualcóyotl llamó a Carlos García para decirle: "Carlos, creo que nos metimos en algo muy complicado y lo único que te pido es que todo el actuar de la policía esté dentro de las normas legales. Nuestro trabajo es preventivo y nada más. Lo otro es asunto de la PGR".

CAMBIO DE VIDA

Tras hora y media de camino, llegaron a la presidencia municipal de Ciudad Nezahualcóyotl. Al entrar clavó su mirada en el cuadro del Nevado de Toluca que tenía justo atrás de su escritorio y pensó en que ya no podía dar marcha atrás.

Se sentó en su silla de tipo secretarial, prefería ésta al viejo sillón de estilo barroco que le hacía sentir virrey. Colocó los codos sobre su largo escritorio y mientras observaba un cuadro del caudillo revolucionario Emiliano Zapata y otro de un grupo de niñas indígenas, pensó:

Ya no hay vuelta de hoja. Este hecho se ha convertido en una nota nacional y no deja más opción que continuarlo. Además, es un acto de congruencia. Hubiera sido muy contradictorio convocar a la ciudadanía a que se expusiera, a que diera a conocer la ubicación de estos lugares y yo no ser consecuente.

De inmediato cambió su rutina. Eran días en que no tenía mucha hambre, bajó cerca de 15 kilos de peso. Dormía como una forma de compensar su preocupación.

Buscó la manera de no aparecer tanto en la prensa para que fuera el único señalado, pero cada vez que sentía falta de solución al asunto, insistía en que se resolviera, era "muy respondón", según su misma descripción.

En los teléfonos de la Dirección de Seguridad Pública y en la presidencia municipal se recibieron algunas amenazas de muerte contra él y contra Carlos García Gacía. De inmediato esposas e hijos salieron del Estado de México. No hubo tiempo de despedirse. Rompió toda relación familiar.

Cambió de domicilio y de vehículo —de hecho lo sigue haciendo— y pronto accedió a que elementos de la PGR lo escoltaran.

En esos momentos encontró respaldo de las autoridades del Gobierno del Distrito Federal. En especial del entonces jefe delegacional en Iztapalapa, René Arce, quien secundó las denuncias en cuanto al narcomenudeo en la zona oriente del Distrito Federal y los municipios vecinos.

También el procurador de Justicia del Distrito Federal, Bernardo Bátiz, le ofreció ayuda, e incluso personal para que resguardara su integridad física, pero se desechó la idea. De igual modo resalta que se sumaron a la denuncia del narcomenudeo los presidentes municipales de Ecatepec y de Tlalnepantla.

Bautista López, por su parte, dejó de asistir a sitios públicos, se limitó en sus salidas nocturnas, pidió que no se diera la ubicación de su oficina ni el detalle de sus itinerarios de trabajo, que uno de sus colaboradores contestara sus llamadas del teléfono celular antes de que él las tomara e instrumentó con sus colaboradores algunas claves para comunicarse por radio entre sí.

En efecto, sentía miedo, pero consideraba que éste le ayudaba a vivir. "El miedo te pone más vivo. Te vuelves más precavido. Es lo que aprendí."

Y es que no sólo había comprendido la magnitud del cártel de Neza, sino que hasta la fecha piensa que "no es sólo éste sino que hay otros más". También se preguntaba cómo después de las investigaciones resultó que sólo 18 de las llamadas tienditas estaban bajo el control de *la Ma'Baker*, ¿qué había de las restantes 282?

Transcurrieron seis meses sin información relevante. Lo más significativo fue la liberación de una orden de aprehensión en contra del licenciado Víctor Manuel Bárcenas, subdelegado de la PGR. Durante ese tiempo no tuvo información oficial de la PGR.

El 21 de febrero de 2002 se enteró por los medios de comunicación del asesinato del licenciado Mario Roldán. En marzo, Carlos García García le informó de la renuncia de Guillermo Robles —colaborador de Mario Roldán— a la PGR, y su integración a la policía municipal de Nezahualcóyotl.

En los primeros días de abril, de nueva cuenta se le informó de la baja de Guillermo Robles así como de su ingreso a la Secretaría de Seguridad Pública del Distrito

Federal. El 1° de mayo del mismo año se enteró por la radio del asesinato de Robles Liceaga. En esos momentos supuso que los dos asesinatos tenían relación con la venta de droga en Neza. Pidió una nueva audiencia a la FEADS para saber lo que pasaba.

En esa reunión el licenciado Estuardo confirmó mis sospechas y además me advirtió que me cuidara, pues el cártel de Neza se sentía amenazado, había contratado sicarios sudamericanos para asesinarme, y me pidió guardar silencio.

Me comentó además que era información verídica procedente de un testigo protegido, quién participó activamente en la banda. De regreso al municipio, de nuevo con sobrada preocupación, me viene a la memoria la primera advertencia que me hiciera el licenciado Estuardo. Imaginé que el fiscal de la FEADS seguramente contaba con alguna bola de cristal para leer el futuro o, como dicen en mi tierra, "tiene voz de profeta".

El 18 de marzo de 2002 se dio a conocer la captura de Esteban Galindo Buenrostro, que fue el sicario que dio muerte a Guillermo Robles; además se filtró información sobre la pretensión de la banda de ejecutar a otras personas, entre ellas Raymundo Collins, funcionario de la SSPDF, y Bautista. El asunto volvió a las primeras planas de los diarios. Se hablaba ya de la existencia de una lista negra.

Primero pensé que era una filtración. Luego sentí preocupación, pero al mismo tiempo exigí que se aclarara. Al principio me dijeron que esto era un asunto ministerial y en consecuencia no tuve acceso al expediente.

Posteriormente, de alguna manera hemos tenido acceso al expediente y no figuro en la lista. Ahora, para estar tranquilo me gustaría saber si existió o no, porque a lo mejor fue producto de las circunstancias o del manejo periodístico. Recuerdo que el día de mi Segundo Informe de Gobierno era tanta la presión de la prensa por saber de la lista, que llevé un machete de palo diciendo: Pues yo también pido que se dé a conocer la lista y que se aclare, aunque después se dijo que no existía.

Días después se dio a conocer la detención de Patricia Buendía, *la Ma'Baker*, así como de parte de la banda, a excepción de Carlos Morales, *el Águila*. Transcurrieron tres meses más durante los cuales se capturó a otros miembros de la banda y se siguió buscando a Morales.

El 22 de agosto de 2002, ante los insistentes rumores de una supuesta vinculación entre la policía municipal y el cártel de Neza, Bautista solicitó públicamente ante los medios de comunicación la investigación necesaria sobre los funcionarios del ayuntamiento para deslindar responsabilidades.

Siete meses más tarde, a principios de marzo de 2003, la PGR, a través de la AFI, detuvo a Carlos García García, director de Seguridad Pública. Se le acusó de colaborar con el comercio de estupefacientes, a raíz de la declaración del testigo protegido, "sin aportar pruebas", comenta el hoy diputado federal.

COMO ANTES

Durante una conversación que sostuve con Héctor Bautista, él hace un repaso de la historia que protagonizó y concluye:

De 1999 a 2002, es decir, durante cuatro años, la banda actuó sin ser molestada por la PGR. Esto les permitió contar con tiempo suficiente para especializarse en el narcomenudeo, es decir, crear y surtir un mercado permanente.

Durante este periodo organizaron una estructura con células de transportación, distribución, protección de cargamentos y venta de cocaína, además de lavado de dinero. La banda fue capaz de crear una red de protección en el ambiente policial. Existe un nulo presupuesto de la PGR para el combate del narcomenudeo; la FEADS no realizó una investigación profunda y completa, ya que el caso lo basó únicamente en un detenido que después se constituyó como testigo protegido.

La investigación de la FEADS no fue integral, como lo prometió la PGR en su momento. No abarcó ni a los proveedores ni a los productores.

La captura parcial del cártel de Neza se debió en mucho a la presión positiva ejercida por la prensa, fundamentalmente por la escrita. El hecho de que el asunto se ventilara en la prensa sirvió para que la opinión pública ubicara al narcomenudeo como un problema de carácter nacional que debería ser atendido de manera rápida y eficiente.

El narcomenudeo no debe ser un asunto exclusivo de la PGR. Debe haber cambios legales para que en su combate también participen la PFP, las policías estatales y municipales.

—¿Cuántas tienditas habrá ahora? —le pregunté al ex presidente municipal de Nezahualcóyotl.

—Todo mundo debería suponer que después de la aprehensión de la cabeza de la organización desaparecieron. Esto no es así, se sigue dando el fenómeno. A diario se comenta dónde se vende la droga. Esto es natural, un espacio que es dejado por un grupo inmediatamente es ocupado por otro.

"El narcomenudeo es un fenómeno nuevo en todas las ciudades del país. Antes, los grupos delictivos se organizaban para buscar cómo trasladar las drogas a Estados Unidos. Ahora lo hacen también para atender el mercado interno, fomentarlo, abastecerlo y creo que la primera señal se dio en Ciudad Nezahualcóyotl. Ésa fue la advertencia pero no fue exclusivo de Neza."

—¿De dónde venía la droga?

—Nosotros no teníamos la capacidad para investigar.

Suponíamos que estaba llegando de alguna parte. Hoy, después de leer los expedientes, presumimos que es algo mucho más complejo. La droga llegaba directamente de los proveedores que no eran del país. Desde el aeropuerto se distribuía.

—¿Qué cantidad calcularon?

—No había forma de cuantificar, pero nosotros decíamos: si existen 300 tienditas y durante todo el día acuden en promedio entre 80 y 90 personas, pues vamos haciendo cálculos, por eso cuando conocimos la información que daba la PGR sobre las detenciones decíamos: ¡ésto no es posible!

"Ahora como diputado federal quiero contribuir desde las comisiones de Seguridad Pública y de Justicia a que se hagan las modificaciones legales necesarias a fin de que haya una mejor acción contra el tráfico ilegal de las drogas."

—¿Siente frustración por no haber podido acabar con el problema?

—Sí, pero más por los jóvenes que no tienen alternativas. Si la gente tuviera otro tipo de vida y garantías, la delincuencia pasaría a otro término. La gente ve en el tráfico ilegal de drogas una alternativa para sobrevivir.

—¿Se siente un héroe?

—No, simplemente tomé una actitud congruente. La gente me hacía llegar sus denuncias anónimas de diversas formas y había que corresponderle.

—¿Cuando se entera de que comienzan a detener a algunos integrantes del cártel de Neza siente alivio?

—Sí, pero de manera inmediata supe que no era toda la banda.

—Al saber que Carlos Morales, alias *el Águila*, aún está libre, ¿qué piensa?

—Mira, cuando ya está presa *la Ma'Baker* y se busca a Carlos Morales, resulta que al entrar y salir de una fonda nos encontramos de frente y digo: ¿no que nadie lo encuentra?, ¿no que es el más perseguido por todos los policías?, y es cuando empiezo a insistir.

—¿Cómo fue el encuentro?

—Él iba saliendo junto con otras tres personas de un lugar llamado Las Cazuelas que está en Hombre Ilustres casi en la esquina con Pantitlán, en la colonia Metropolitana. Es una fonda donde se consume comida estilo Sinaloa.

"Recuerdo que eran como las once del día. Él iba saliendo, estaba por abordar su carro y yo iba bajando del mío. Nos vimos. Yo vi que él traía un arma a la cintura. Lo que recuerdo es que de inmediato llamé a la policía municipal y cercaron la zona, pero ya no se le encontró."

—¿Sigue la actividad ilícita en el municipio?

—Sigue igual, con métodos más sofisticados. Ya no con violencia ni exhibicionismo. Ahora hay entregas a domicilio, venta a crédito. Usted adquiere la droga en las discos, se la fían y al día siguiente van a su casa a cobrarle. Siguen teniendo mucha gente a su servicio.

—¿Dónde actúan?

—En la colonia Ciudad Lago, la Estado de México, Agua Azul, las Águilas, la Reforma, la Esperanza, colonias que están bien distribuidas en todo el municipio.

—¿Qué hay de las investigaciones?

—El actual encargado de las investigaciones, el comandante Igor, recibió unos balazos allá en Naucalpan, cuando iba llegando a su casa. Traía un chaleco antibalas donde impactaron dos, recibió una en el hombro y otra en la pierna. Se dice que lo balearon después de haber detenido a unas personas que practicaban arrancones en sus coches. Ahí les dejo la inquietud.

Epílogo

Del ocaso del cártel de Neza y el destino de sus integrantes dan cuenta una serie de comunicados de la Procuraduría General de la República, emitidos entre 2002 y 2008. En ellos se precisa quiénes fueron detenidos, por qué cargos y, en varios casos, también se informa de la sentencia que recibieron.

I

El 19 de agosto de 2002 la PGR emitió el comunicado 741/02, en el cual expuso en su encabezado:

> La organización delictiva encabezada por Delia Patricia Buendía Gutiérrez, (a) "Ma Baker" está relacionada con los homicidios de Mario Roldán Quirino, Guillermo Robles Liceaga y Nicolás Humberto del Águila Jiménez.

- Varios integrantes de esa célula criminal que operaba en Nezahualcóyotl, Estado de México fueron capturados en meses pasados.
- Se encuentran involucrados policías y servidores públicos corruptos.

Posteriormente la PGR desglosa la información:

El Fiscal Especializado para la Atención de Delitos contra la Salud de la PGR, Doctor Estuardo Mario Bermúdez Molina informó que las investigaciones de gabinete y campo realizadas por personal de esta institución, revelaron la existencia de una organización criminal presuntamente responsable de los asesinatos de funcionarios de diversas áreas de procuración de justicia y a la cual se encontraban vinculados policías y funcionarios corruptos.

El titular de la FEADS precisó que el 27 de septiembre del año pasado se inició la indagatoria 893/MPFEADS/01, relacionada con la célula de una organización criminal conformada por las personas con los siguientes apodos: "El Pepe", "El Baby", "El Borracho", "El Jalapa", "El Chino", "El Gordo" y "El Negro".

En conferencia de prensa celebrada en el Salón Independencia del edificio de la Procuraduría General de la República, Bermúdez Molina señaló que con esta célula, que operaba en el municipio de Nezahualcóyotl, Estado de México, se encuentran involucrados elementos corruptos de la entonces Policía Judicial Federal, así como agentes de la Policía Judicial del Estado de México, de la Policía Preventiva Municipal, varios comandantes contra los cuales ya existen órdenes de aprehensión y servidores públicos de la PGR y del Poder Judicial de la Federación.

Las averiguaciones indicaron que esta célula forma parte de una organización criminal mayor, encabezada por quienes después se supo, responden a los nombres de Delia Patricia Buendía Gutiérrez, (a) "Ma Baker" como su líder y Carlos Morales Gutiérrez (a) "El Águila" como su lugarteniente.

En dicha organización criminal participaban Norberto Orozco Navarro, (a) "El Chino", y José Luis Rojas Rocha o José Luis Albarrán Rocha, (a) "El Borracho", quienes fueron detenidos los días 15 y 21 de noviembre de 2001, en cumplimiento a una orden de aprehensión girada por el Juez Segundo de Distrito de Procesos Penales Federales en el Estado de México, por los delitos contra la salud y violación a Ley Federal contra la Delincuencia Organizada.

Se supo también que en la organización criminal, encabezada por Delia Patricia Buendía Gutiérrez, (a) "Ma Baker" y Carlos Morales Gutiérrez (a) "El Águila", participaban Gabriela Bustos Buendía (a) "La Gaby", con su esposo Mario Solís (a) "El Tabique", Nadia Isabel Bustos Buendía (a) "La Japonesa", esposa de Fernando Morales Castro (a) "Fer", Norma Patricia Bustos Buendía (a) "La Loca" o "La Pequeña", esposa de Carlos Morales y Esteban Galindo Buenrostro, "gatillero" de Carlos Morales.

Más adelante en la investigación se supo:

Que Gabriela, Nadia Isabel y Norma Patricia, todas de apellidos Bustos Buendía, son hijas de Delia Patricia Buendía Gutiérrez, y que hijas y madre, fungen como propietarias de la arena de luchas "Neza", en tanto que Esteban Galindo Buenrostro, es el proveedor de cocaína para la organización criminal, operando principalmente en la delegación Iztapalapa.

Que la organización contaba con los servicios del licenciado Agustín Guardado Vázquez, quien además de resolverle los asuntos legales a la organización, a través de sus contactos como abogado, daba información valiosa sobre las investigaciones existentes en torno a esta organización criminal.

Incluso que Guardado Vázquez tenía entre sus informantes a un magistrado del Poder Judicial de la Federación.

Que entre los miembros de la organización criminal se encuentra Esteban Galindo Buenrostro, quien fuera gatillero de Carlos Morales, y actualmente se encuentra en el Reclusorio Preventivo Oriente procesado por delitos contra la salud, independientemente de una serie de indagaciones que se le siguen por otros hechos.

Las investigaciones realizadas por la Procuraduría General de la República, causaron molestia a los integrantes de la organización, propiciando que el 10 de enero de este año, Delia Patricia Buendía Gutiérrez (a) "Ma Baker", instruyera a Esteban Galindo Buenrostro, para que privara de la vida a

Guillermo Robles Liceaga, Director de Operaciones Mixtas de la Secretaría de Seguridad Pública del Distrito Federal, por ello pagó 200 mil pesos, proveyéndole además ocho armas AK-47, comúnmente denominadas cuernos de chivo.

El 17 de mayo de este año, elementos de la Agencia Federal de Investigación, presentaron a Delia Patricia Buendía Gutiérrez, "Ma Baker"; Nadia Isabel Bustos Buendía y Fernando Morales Castro, "El Fer", ante la Agencia del Ministerio Público de la Fiscalía Especializada para la Atención de Delitos contra la Salud, por ello el 21 de mayo pasado, el Juez Decimoprimero de Distrito de Procesos Penales Federales del Distrito Federal, les decretó a estas personas, junto con Agustín Guardado Vázquez "El Lic", arraigo domiciliario por un término de 90 días naturales, contados a partir del día 22 de mayo de este año.

Derivado de las investigaciones se logró establecer que además del homicidio de Guillermo Robles Liceaga, esta banda tiene relación con la ejecución del licenciado Mario Roldán Quirino, Director General de Enlace Operativo de Asuntos Especiales y/o Relevantes de la Fiscalía Especializada para la Atención de Delitos contra la Salud, ocurrida el día 21 de febrero de este año, así como también la tiene con la muerte del licenciado Nicolás Humberto del Águila Jiménez, Agente del Ministerio Público de la Federación, quien fuera asesinado el 14 de julio del presente año.

La Procuraduría General de la República, en coordinación con la Secretaría de Seguridad Pública del Distrito

Federal, logró la detención de seis personas relacionadas con la citada organización delictiva, siendo éstas:

Delia Patricia Buendía Gutiérrez,
    que fue detenida el 17 de mayo.

Nadia Isabel Bustos Buendía,
    también capturada el 17 de mayo.

Fernando Morales Castro,
    que también se detuvo en la misma fecha.

El licenciado Agustín Guardado Vázquez,
    detenido al día siguiente.

Marcela Gabriela Bustos Buendía,
    detenida el 23 de julio y

Mario Solís Ariza,
    detenido el 23 de julio.

II

El 9 de julio de 2003, la Procuraduría General de la República emitió el boletín de prensa 598/3, en cuyo encabezado se lee:

En el Estado de México dictan sentencia condenatoria en contra de Norberto Jonathan Orozco Navarro, Candelario Ríos Osuna y César Muñoz Gutiérrez

- Por su responsabilidad penal en la comisión de los delitos de violación a la Ley Federal contra la Delincuencia Organizada y contra la salud.

- Ríos Osuna y Muñoz Gutiérrez, en su calidad de agentes de la Policía Judicial Federal, permitían y colaboraban en la comercialización del narcótico denominado clorhidrato de cocaína.

En el cuerpo del comunicado la PGR expone:

El Juzgado Segundo de Distrito "B" en Materia de Procesos Penales Federales en el Estado de México, dentro de la causa penal 110/2001-B-IV, derivada de la averiguación previa 2167/MPFEADS/2001, dictó sentencia condenatoria en contra de Norberto Jonathan Orozco Navarro (a) "El Chino" o "El Gordo", por la comisión de los delitos de violación a la Ley Federal contra la Delincuencia Organizada y contra la salud en la modalidad de tráfico de clorhidrato de cocaína, la cual es de 30 años de prisión y multa.

De igual forma, dictó en contra de Candelario Ríos Osuna y César Muñoz Gutiérrez la pena de 25 años de prisión, multa, destitución del cargo que ostentaban e inhabilitación para desempeñarse como servidores públicos. Lo anterior, por su responsabilidad en los delitos de violación a la Ley Federal contra la Delincuencia Organizada y contra la salud en la modalidad de comerciar clorhidrato de cocaína, agravado, por haber sido cometido cuando eran agentes de la antes Policía Judicial Federal.

A Norberto Jonathan Orozco Navarro se le atribuye que junto con José Luis Rojas Rocha o José Luis Albarran Rocha

(a) "El Borracho", "El Negro", "El Jalapa", "El Baby", "El Oso", Odilón Paredes Telles, Francisco Paredes Villalobos y Ricardo Paredes Villalobos, eran miembros de una organización criminal integrada desde 1999, que se dedicaba a organizar y planear la comisión de delitos contra la salud, especialmente el tráfico del narcótico denominado clorhidrato de cocaína.

En tanto, Ríos Osuna y Muñoz Gutiérrez en su calidad de agentes federales adscritos a la subsede de la PGR en Ciudad Nezahualcóyotl, Estado de México, no obstante que se encargaban de la investigación de delitos contra la salud, permitían y colaboraban en la comercialización del mismo narcótico.

III

El 3 de marzo de 2005 la Procuraduría General de la República emitió el boletín 207/5, en cuyo título se lee:

Prisión por 10 años para agustín Guardado Vázquez, vinculado con el "Cártel de Neza", por Delincuencia organizada.
• Fue detenido en mayo de 2002, junto con Delia Patricia Buendía Gutiérrez (a) "Ma Baker.

El comunicado detalla:

El Juez Quinto de Distrito en Materia de Procesos Penales Federales en el Estado de México dictó sentencia condenatoria en contra de Agustín Guardado Vázquez, dentro de la causa penal 123/2002, por el delito de Delincuencia organizada, por lo que le impuso una pena de 10 años de prisión y 250 días de multa.

Guardado Vázquez, quien formaba parte de la célula del "Cártel de Neza" encabezada por Carlos Morales Gutiérrez (a) "El Águila", fue asegurado por la Agencia Federal de Investigación el 17 de mayo de 2002, junto con Delia Patricia Buendía Gutiérrez (a) "Ma Baker", Nadia Isabel Bustos Buendía y Fernando Morales Castro.

Por ello, el Juez Decimoprimero de Distrito de Procesos Penales Federales del Distrito Federal, a solicitud del Ministerio Público de la Federación, les decretó arraigo domiciliario, por un término de 90 días.

Por otra parte, el 25 de agosto de 2002 el Juez Segundo "B" de Distrito en materia de Procesos Penales Federales con sede en la ciudad de Toluca le dictó el auto de formal prisión, por lo que fue internado en el Centro Federal de Readaptación Social número uno "La Palma", en Almoloya de Juárez, Estado de México.

Luego se lee:

Sentencian a 20 de años de cárcel a integrante del Cártel de Neza.

- Derivado del trabajo permanente de investigación, el Agente del Ministerio Público de la Federación adscrito a la Subprocuraduría de Investigación Especializada en De-

lincuencia Organizada (SIEDO), obtuvo del Juzgado Tercero de Distrito en Materia de Procesos Penales Federales en
el Estado de México, de manos del magistrado Humberto
Venancio Pineda con sede en Toluca, sentencia condenatoria de 20 años de prisión y 350 días de multa contra Luis
Antonio Ríos Lara (a) "El Rata". Dictada el 15 de agosto
de 2007 comprobándose los elementos en el expediente
208/2007. El sentenciado fue encontrado penalmente responsable de la comisión de los delitos de Delincuencia Organizada y Contra la Salud en la Modalidad de Tráfico de
Clorhidrato de Cocaína, con base en las pruebas aportadas
por el AMPF dentro de la causa penal 50/2006.

IV

El 23 de junio de 2006 la Procuraduría General de la República emitió el boletín 816/06, en cuyo título se lee:

Sentencia condenatoria a integrante de la organización denominada "Cártel de Neza".

• Fernando Morales Castro es penalmente responsable de
la comisión del delito de Delincuencia organizada.

El documento puntualiza:

El Juzgado Quinto de Distrito en Materia de Procesos Penales Federales con sede en Toluca, Estado de México,

dentro de la causa penal 123/2002, dictó sentencia condenatoria en contra de Fernando Morales Castro, a quien le impuso la pena de 15 años de prisión y el pago de 300 días de multa, equivalente a la cantidad de 11 mil 490 pesos.

Lo anterior, en virtud de que Morales Castro fue encontrado penalmente responsable de la comisión del delito de Delincuencia organizada.

El sentenciado se encuentra relacionado con la organización criminal denominada "Cártel de Neza" dedicada al narcotráfico, dirigida por Carlos Morales Gutiérrez (a) "El Águila" y Delia Patricia Buendía Gutiérrez (a) "Ma Baker", que operaba en el municipio de Nezahualcóyotl, Estado de México y en varias delegaciones del Distrito Federal.

El sentenciado y su concubina Nadia Isabel Bustos Buendía, hija de Delia Patricia Buendía Gutiérrez, tenían a su cargo las "tienditas" que se localizan en las calles de Cerezo, Poniente 20 y Villada, en Nezahualcóyotl, Estado de México.

Ambos fueron detenidos el 17 de mayo de 2002, por elementos de la Agencia Federal de Investigación (AFI).

V

El 14 de septiembre de 2006 la Procuraduría General de la República emitió el boletín 1176/06, en cuya título, se lee:

Confirman sentencia a integrante de la organización comandada por "Ma Backer".

- Rivelino Contreras Hernández suministraba de armas y cocaína al "Cártel de Neza".

El comunicado precisa:

El Segundo Tribunal Unitario del Segundo Circuito, dentro del toca penal 57/2006, confirmó la sentencia condenatoria en contra de Rivelino Contreras Hernández, integrante de la organización criminal comandada por Delia Patricia Buendía Gutiérrez alias "Ma Baker".

A Contreras Hernández le fue impuesta la pena de 15 años de prisión y 300 días multa, equivalentes a 11 mil 490 pesos, por su responsabilidad penal en el delito de Delincuencia Organizada.

Lo anterior, con motivo del recurso de apelación interpuesto por el procesado y el agente del Ministerio Público de la Federación en contra de la sentencia condenatoria emitida el 28 de febrero de 2006, dentro del proceso penal 123/2002, por el Juzgado Quinto de Distrito de Procesos Penales Federales en Toluca, Estado de México.

Como se recordará, el ahora sentenciado fue detenido en diciembre de 2002, en la colonia Morelos de esta ciudad, y derivado de las investigaciones realizadas por la Procuraduría General de la República, a través de la Subprocuraduría de Investigación Especializada en Delincuencia Organizada, se logró determinar que Contreras Hernández formó parte de la organización delictiva denominada "Cártel de Neza", comandada por Delia Patricia Buendía Gutiérrez (a) "Ma Baker".

Contreras Hernández suministraba de armas a dicha organización, que eran utilizadas para eliminar a personas contrarias a la misma, además, los proveía de cocaína que era comercializada al menudeo en diversas "tienditas", principalmente en Ciudad Nezahualcóyotl, Estado de México.

VI

El 8 de noviembre de 2006 la Procuraduría General de la República emitió el comunicado 1421/06, en cuyo título se lee:

Sentencian a más de 25 años de prisión a ex director de seguridad pública municipal de Nezahualcóyotl.

- Carlos Ernesto García García brindaba protección a la organización delictiva comandada por Delia Patricia Buendía Gutiérrez (a) "Ma Baker" y Carlos Morales Gutiérrez (a) "El Águila".

El comunicado explica:

Derivado de las pruebas aportadas por la Subprocuraduría de Investigación Especializada en Delincuencia Organizada (siedo) —de la Procuraduría General de la República—, el Cuarto Tribunal Unitario del Segundo Circuito, dentro del toca penal 68/2006, confirmó la sentencia condenatoria en contra de Carlos Ernesto García García, ex Director General de Seguridad Pública Municipal de Ciudad Nezahualcóyotl, quien colaboraba con la organización criminal denominada "Cártel de Neza".

Por su responsabilidad penal en la comisión de los delitos de Delincuencia organizada y Contra la salud en la modalidad de colaboración al fomento para el comercio del estupefaciente denominado clorhidrato de cocaína, el Juez de la causa le impuso la pena de 25 años tres días de prisión y 401 días multa, equivalentes a 13 mil 112 pesos.

Lo anterior se deriva del recurso de apelación interpuesto por el procesado Carlos Ernesto García García y el agente del Ministerio Público de la Federación en contra de la sentencia condenatoria dictada el 31 de marzo de 2006, dentro del proceso penal 43/2006, por el Juzgado Tercero de Distrito de Procesos Penales Federales en Toluca, Estado de México.

El sentenciado, detenido en marzo de 2003, en su calidad de Director General de Seguridad Pública Municipal de Ciudad Nezahualcóyotl brindaba protección a la organización criminal comandada por Delia Patricia Buendía Gutiérrez (a) "Ma Baker" y Carlos Morales Gutiérrez (a) "El Águila".

De acuerdo con las investigaciones llevadas a cabo por la SIEDO, García García estableció una red de protección policiaca que permitía a los distribuidores de droga de dicho grupo delictivo, trabajar sin problemas en los municipios del oriente del Valle de México y en algunas zonas del Distrito Federal.

VII

El 24 de noviembre de 2006 la Procuraduría General de la República emitió el comunicado 1499/06, en cuya cabeza se lee:

Confirman sentencia a dos integrantes de la organización delictiva que dirigía "Ma Baker".

- A Mario Gildardo Solís Ariza y Marcela Gabriela Bustos Buendía —hija de Delia Patricia Buendía Gutiérrez— se les atribuye la comisión del delito de Delincuencia organizada.
- Administraban "tienditas" que se localizaban en Nezahualcóyotl, Estado de México.

El texto completo señala:

El Segundo Tribunal Unitario del Segundo Circuito, dentro del toca penal 114/2006, confirmó la sentencia condenatoria en contra de Mario Gildardo Solís Ariza y Marcela Gabriela Bustos Buendía, integrantes de la organización delictiva comandada por Delia Patricia Buendía Gutiérrez (a) "Ma Baker".

Por su responsabilidad penal en la comisión del delito de Delincuencia organizada, les fue impuesta la pena privativa de la libertad de 15 años de prisión y 300 días de multa equivalentes a 11 mil 490 pesos.

Lo anterior se deriva del recurso de apelación interpuesto por los sentenciados y el agente del Ministerio Público de la Federación, adscrito a la Subprocuraduría de Investigación Especializada en Delincuencia Organizada (SIEDO), en contra de la sentencia dictada el 28 de abril de 2006, dentro del proceso penal 123/2002, del índice del Juzgado Quinto de Distrito de Procesos Penales Federales en Toluca, Estado de México.

Los sentenciados fueron detenidos el 23 de julio de 2002 y están relacionados con la organización delictiva denominada "Cártel de Neza", dedicada al narcotráfico y dirigida por Carlos Morales Gutiérrez (a) "El Águila" y Delia Patricia Buendía Gutiérrez (a) "Ma Baker".

Mario Gildardo Solís Ariza y Marcela Gabriela Bustos Buendía —hija de Delia Patricia Buendía Gutiérrez— se dedicaban a la venta de "grapas" de cocaína, a través de "tienditas" que se localizaban en Nezahualcóyotl, Estado de México.

En colaboración con otras personas, los sentenciados formaban sobrecitos con cocaína, los cuales eran repartidos en las "tienditas" que ellos administraban, además, volvían a invertir las ganancias de dicha actividad ilícita en la compra de más droga.

VIII

El 23 de diciembre de 2006, la Procuraduría General de la República emitió el boletín 1605/06, en cuyo título se lee:

Sentencian a 20 años de prisión a Eduardo Valladares Martínez, controlador de "tienditas" de venta de drogas al menudeo.

- El sentenciado está relacionado con la organización criminal de la "Ma Baker", operaba en Ciudad Nezahualcóyotl, Estado de México.

El documento indica:

Como resultado de las pruebas aportadas por la Procuraduría General de la República (PGR), a través de la Subprocuraduría de Investigación Especializada en Delincuencia Organizada (SIEDO), el Juez Tercero de Distrito en Materia de Procesos Penales Federales en el Estado de México, dentro de la causa penal 71/2005, dictó sentencia en contra de Eduardo Valladares Martínez, integrante de la organización criminal que dirigía Delia Patricia Buendía (a) "Ma Baker".

Por su responsabilidad penal en la comisión de los delitos de Delincuencia organizada y Contra la salud en la modalidad de tráfico de clorhidrato de cocaína, el Juez de la causa le impuso la pena de 20 años de prisión y 350 días de multa.

El sentenciado, detenido el 22 de noviembre de 2002, por elementos de la Agencia Federal de Investigación (AFI) en Ciudad Nezahualcóyotl, Estado de México, está relacionado con la organización criminal dedicada al narcotráfico dirigida por Delia Patricia Buendía (a) "Ma Baker" y Carlos Morales Gutiérrez (a) "El Águila", que operaba principalmente en la entidad mexiquense.

Dentro del grupo delictivo, Valladares Martínez era el encargado de cobrar y abastecer varias tienditas que formaban parte de una célula que se ubicaba en Ciudad Nezahualcóyotl, la cual era dirigida por Mario Solís Ariza, quien ya se encuentra sentenciado a 15 años de prisión y 300 días de multa.

Cabe señalar que la sentencia emitida en contra de Valladares Martínez fue dictada con motivo de la consignación de la averiguación previa 756/MPFEADS/2002, por parte de la entonces Fiscalía Especializada de Atención a Delitos Contra la Salud, ahora Unidad Especializada en Investigación Especializada en Delincuencia Organizada.

Eduardo Valladares Martínez se encuentra recluido en el Centro Federal de Readaptación Social (CEFERESO) número Uno, "El Altiplano".

Lo anterior es resultado del trabajo que lleva a cabo la Procuraduría General de la República para combatir de manera frontal al narcotráfico en el país, sobre todo a través de acciones contundentes contra el narcomenudeo.

IX

El 3 de marzo de 2007 la Procuraduría General de la República emitió el boletín 087/07, en cuya cabeza se lee:

Más de 10 años de prisión a integrantes de la organización criminal de "Ma Baker".

- Rubén Lara Romero revisaba las "tienditas" del grupo delictivo, distribuía la droga y recolectaba el dinero producto de la misma.
- Dentro de las investigaciones que realiza la SIEDO, se han obtenido sentencias para 10 personas vinculadas con el "Cártel de Neza", que van de los 15 a 25 años de prisión, todos por delitos de Delincuencia organizada.

El documento completo señala:

Como resultado del trabajo que realiza la Subprocuraduría de Investigación Especializada en Delincuencia Organizada (SIEDO) para combatir al narcotráfico, el Juzgado Tercero de Distrito en Materia de Procesos Penales Federales en Toluca, Estado de México, dictó sentencia en contra de Rubén Lara Romero, integrante del "Cártel de Neza".

Por su responsabilidad penal en la comisión del delito Contra la salud, en la modalidad de tráfico de cocaína, dentro de la causa penal 8/2006, el Juez de la causa le impuso la pena de 10 años de prisión y 100 días de multa.

Rubén Lara Romero —detenido el 24 noviembre 2002, en el municipio de Nezahualcóyotl, Estado de México— formaba parte de la organización delictiva que era comandada por Delia Patricia Buendía Gutiérrez (a) "Ma Baker", la cual operaba principalmente en Nezahualcóyotl.

De acuerdo con las investigaciones realizadas por la SIEDO, se acreditó que el hoy sentenciado se encargaba de revisar las "tienditas" donde se vendía droga, además, la distribuía y recolectaba el dinero producto de la venta de la misma.

Es importante señalar que como parte del trabajo ministerial que realiza la SIEDO, también se han obtenido sentencias para los siguientes integrantes del "Cártel de Neza":

1. Eduardo Valladares Martínez, condenado a 20 años de prisión por los delitos de Delincuencia organizada y Contra la salud.

2. Agustín Guardado Vázquez, sentenciado a 10 años de prisión por el ilícito de Delincuencia organizada.

3. Marcela Gabriela Bustos Buendía (hija de Delia Patricia Buendía Gutiérrez (a) "Ma Baker") sentenciada a 15 años de prisión por el ilícito de Delincuencia organizada.

4. Mario Solís Ariza (esposo de Marcela Gabriela Bustos Buendía) condenado a 15 años de prisión por el delito de Delincuencia organizada.

5. Fernando Morales Castro, sentenciado a 15 años de prisión por el ilícito de Delincuencia organizada.

6. Rivelino Contreras Hernández, sentenciado a 15 años de prisión por el delito de Delincuencia organizada.

7. María del Carmen Pérez González, condenada a 15 años de prisión por el delito de Delincuencia organizada.

8. Carlos Ernesto García García, condenado a 25 años de prisión por los ilícitos de Delincuencia organizada y Contra la salud.

9. Arturo Andrés Rochas, sentenciado a 25 años de prisión por los delitos de Delincuencia organizada y Contra la salud.

10. Spock Tornes Rivas, condenado a 25 años de prisión por los delitos de Delincuencia organizada y Contra la salud.

Estas acciones forman parte del trabajo permanente que realiza la Procuraduría General de la República para combatir el narcotráfico.

X

El domingo 7 de septiembre la Procuraduría General de la República emitió el boletín 738/8, en cuyo título se lee:

El fiscal de SIEDO obtiene sentencia condenatoria de 15 años de prisión contra tres integrantes de la Organización delictiva de La "Ma Baker".

- A Luis Enrique Jiménez Vichiqui, José Alfredo Luna Serrano y Arturo Galindo Rodríguez se les impuso las penas de 15 años de prisión, respectivamente.

- Cabe mencionar que once integrantes de esa célula criminal, entre ellos, policías y servidores públicos corruptos, ya fueron sentenciados.

En el cuerpo del comunicado se precisa:

La Procuraduría General de la República informa que el Juez Quinto de Distrito en el Estado de México valoró todos los elementos jurídicos penales presentados por el Agente del Ministerio Público de la Federación y dentro del proceso penal 124/2005, dictó sentencia condenatoria contra Luis Enrique Jiménez Vichiqui, José Alfredo Luna Serrano o Pedro Luna Serrano (a) "El Gárgolas", y Arturo Galindo Rodríguez, por concluir que son penalmente responsables en la comisión de los delitos de Delincuencia Organizada y Contra la Salud en la modalidad de posesión con fines de comercio, imponiéndoles una pena de prisión de 15 años y una multa de 350 días.

Los sentenciados son miembros de la organización criminal comandada por Delia Patricia Buendía Gutiérrez (a) "Ma Baker", principalmente conformada por familiares y dedicada a cometer delitos Contra la Salud en la modalidad de compra, venta y distribución de marihuana y cocaína.

Esta banda delictiva operaba en el Municipio de Nezahualcóyotl, Estado de México, donde tenían varias casas de seguridad en las que distribuían y vendían la droga.

Cabe mencionar que de esta banda han sido sentenciados otros once de sus integrantes, entre ellos:

Agustín Guardado Vázquez a 10 años de prisión, por los delitos de Delincuencia Organizada.

Fernando Morales Castro, Rivelino Contreras Hernández, Marcela Gabriela Bustos Buendía (hija de Buendía Gutiérrez) y Mario Gildardo Solís Ariza (yerno de Buendía Gutiérrez) a 15 años de prisión por el delito de Delincuencia Organizada.

Eduardo Valladares Martínez y Luis Antonio Ríos Lara a 20 años de prisión, por los delitos de Delincuencia Organizada y Contra la Salud.

Rubén Hernández Lara, a 25 años de prisión por los delitos de Delincuencia Organizada y Contra la Salud.

Nadia Isabel Bustos Buendía (Hija de Buendía Gutiérrez), Carlos Ernesto García García, director General de Seguridad Pública Municipal de Nezahualcóyotl, Erick Spook Torner Rivas (elemento de la Agencia Federal de Investigación) y Arturo Andrés Rocha Díaz (Policía Municipal de Ciudad Nezahualcóyotl) a 25 años de prisión por los delitos de Delincuencia Organizada y Contra la Salud.

La Procuraduría General de la República reitera su convicción de seguir desplegando todas las capacidades jurídicas que le confiere el Estado de Derecho para la aplicación de la Ley y ejercer plenamente ante los Tribunales Federales su papel constitucional de Representante de los intereses de la sociedad que, como es el caso, se ven afectados por la acción de la delincuencia organizada transnacional.

El cártel de Neza

Delia Patricia Bustos Buendía, *la Ma'Baker*		Presa en Santiaguito en Almoloya de Juárez. (Espera sentencia)
Carlos Morales Gutiérrez, *el Águila.* Primer lugarteniente		Preso en el Reclusorio de Máxima Seguridad de El Altiplano. (Espera sentencia)
Norma Patricia Bustos Buendía, *la Pequeña.* Segunda lugarteniente		Presa en Santiaguito en Almoloya de Juárez. (Espera sentencia)
Mario Solís Ariza. Tercer lugarteniente		Preso en el Reclusorio de Máxima Seguridad de El Altiplano. (Condenado a 15 años de prisión por el delito de delincuencia organizada)

Marcela Gabriela Bustos Buendía, *la Gaby*. Cuarta lugarteniente		Presa en Santiaguito en Almoloya de Juárez. (Sentenciada a 15 años de prisión por delincuencia organizada)
Fernando Morales Castro, *el Fer*. Quinto lugarteniente		Preso en el Reclusorio de Máxima Seguridad de El Altiplano. (Condenado a 15 años de prisión por el delito de delincuencia organizada)
Nadia Isabel Bustos Buendía, *la Japonesa*. Sexta lugateniente		Presa en Santiaguito en Almoloya de Juárez. (Sentenciada a 25 años de prisión por delitos contra la salud y delincuencia organizada)
Guadalupe Bárcenas Buendía. Integrante		Fugitiva

Agustín Guardado Vázquez. Abogado		Preso en el Reclusorio de Máxima Seguridad de El Altiplano. (Condenado a 10 años de prisión por el delito de delincuencia organizada)
Rivelino Contreras Hernández, *el Rivelino*. Gatillero	SIN FOTO	Preso en el Reclusorio de Máxima Seguridad de El Altiplano. (Condenado a 15 años de prisión por el delito de delincuencia organizada)
Esteban Galindo Buenrostro, *el Esteban*. Gatillero		Preso en el Reclusorio Oriente. (Espera sentencia)
José Luis Rojas Rocha. Distribuidor		Preso en el Reclusorio de Máxima Seguridad de El Altiplano. (Condenado a 25 años de prisión por delitos contra la salud y delincuencia organizada)

José Luis Rosales Gómez. Gatillero		Preso en el Bordo de Xochiaca (Espera sentencia por 15 homicidios)
Don Benjamín. Gatillero		Preso en el Bordo de Xochiaca. (Se desconoce su sentencia)
Rubén Lara Romero. Gatillero	SIN FOTO	Preso en el Reclusorio de Máxima Seguridad de El Altiplano. (Condenado a 25 años de prisión por delitos contra la salud y delincuencia organizada)
Antonio Ríos Lara. Prestanombres	SIN FOTO	Preso en el Reclusorio de Máxima Seguridad de El Altiplano (Condenado a 20 años de prisión por delitos contra la salud y delincuencia organizada)

Eduardo Valladares Martínez. Brazo armado		Preso en el Reclusorio de Máxima Seguridad de El Altiplano. (Condenado a 20 años de prisión por delitos contra la salud y delincuencia organizada)
Norberto Orozco Navarro. Narcomenudista		Preso en el Reclusorio de Máxima Seguridad de El Altiplano. (Condenado a 30 años de prisión por delitos contra la salud y delincuencia organizada)
Leonardo Constantino Velázquez Informante de la AFI		Fugitivo
Florentino Romero Juárez. Informante de la AFI	SIN FOTO	Preso en el Reclusorio de Máxima Seguridad de El Altiplano. (Condenado a 25 años de prisión por delitos contra la salud y delincuencia organizada)

Carlos García García. Ex director de la Policía Municipal de Ciudad Neza	SIN FOTO	Preso en el Reclusorio de Máxima Seguridad de El Altiplano. (Condenado a 25 años de prisión por delitos contra la salud y delincuencia organizada)
Andrés Rocha Díaz. Comandante de la Policía Municipal. Informante	SIN FOTO	Preso en el Reclusorio de Máxima Seguridad de El Altiplano (Condenado a 25 años de prisión por delitos contra la salud y delincuencia organizada)
Antonio Ramos Laguna. Informante de la AFI		Preso en el Reclusorio de Máxima Seguridad de El Altiplano. (Condenado a 25 años de prisión por delitos contra la salud y delincuencia organizada)
Alfredo Guzmán Cortés. Informante de la AFI		Preso en el Reclusorio de Máxima Seguridad de El Altiplano. (Condenado a 25 años de prisión por delitos contra la salud y delincuencia organizada)

Candelario Ríos Asasuna. Informante de la AFI	SIN FOTO	Preso en el Reclusorio de Máxima Seguridad de El Altiplano. (Condenado a 25 años de prisión por delitos contra la salud y delincuencia organizada)
César Vidal Vázquez. Distribuidor colombiano	SIN FOTO	Sentenciado a 40 años y ejecutado en el Reclusorio Sur en mayo de 2005
César Muñoz Gutiérrez. Informante de la AFI	SIN FOTO	Preso en el Reclusorio de Máxima Seguridad de El Altiplano. (Condenado a 25 años de prisión por delitos contra la salud y delincuencia organizada)

El cártel de Neza, de José Antonio Caporal
se terminó de imprimir en octubre de 2009
en los talleres de Litográfica Ingramex, S.A. de C.V.
Centeno 162-1, Col. Granjas Esmeralda,
C.P. 09810 México, D.F.